Fabrication : Books on Demand GmbH, Norderstedt,
Allemagne / éditeur : Books on Demand GmbH,
Paris, France
ISBN-13: 9782810602254

PARALLELES

Cédric TOFFIN

Préface

Qu'est ce que je pourrais bien écrire ?

Partant de cette question que tous les auteurs, écrivains, journalistes se sont un jour posée, et bien que je ne sois par nature aucun d'entre eux, je décidais d'écrire.

Mais pourquoi donc écrire ? Moi dont ce n'est pas la profession ni forcement une grande passion. Un léger et subtil besoin de me prouver que je peux le faire et que ce n'est pas donné qu'à une certaine élite littéraire, peut-être mais j'en doute. Une envie de laisser une trace, quelle trace ? Personne ne connaît le travail et la vie de tous les autres, tous les livres sont un jour ou l'autre oubliés pour laisser la place à de nouveaux et je ne pense pas réécrire une autre bible, alors dés à présent j'écris de l'oubli. Ce n'est pas très encourageant mais au moins cela enlève le peu de pression que j'aurais pu avoir à l'idée d'être critiqué ou moqué, en somme, j'écris et je me sens bien en écrivant ces lignes car quoi que j'écrive, ce n'est pas grave parce que ce sera au mieux vite oublié.

Ecrire, une envie tout au plus. Pour être lu par d'autres ? Pourquoi pas, même si c'est destiné à être oublié mais lu. Il est vrai que beaucoup d'écrivains diront qu'ils sont passionnés et que, même s'il n'y avait plus un seul lecteur, ils écriraient quand même. Foutaise, qu'est ce qui pourrait bien amener quelqu'un à écrire s'il était sûr de ne jamais être lu, rien, sinon qu'il fut lu par lui-même, mais à ce moment là, autant penser les choses, les imaginer et les voir évoluer plutôt que les figer sur du papier. Jamais lu par quiconque, quelle inconsolable tristesse. Même celui qui dit écrire seulement pour lui-même doit rêver en secret d'être découvert, doit rêver sans se l'avouer d'être lu, d'être compris. Quel intérêt d'écrire un journal intime si nous sommes sûrs qu'il ne sera jamais lu que par nous-mêmes ? Ca semble en être le but et l'objectif déclaré. Mais le frisson, outre la mince psychanalyse positive qu'il peut apporter, est d'être découvert, de renseigner le frauduleux lecteur sur notre vraie intimité, sur ce que nous sommes vraiment et non pas l'image que nous donnons, que nous essayons de donner ou que nous voudrions bien donner. Tout ce qui est écrit doit donc être lu, et si personne ne lit alors personne n'écrit. J'écrirai donc, pas pour plaire, pas pour marquer mon temps, pas pour apporter une connaissance, pas pour faire rire ou pleurer, mais car j'en ai envie et pour être lu au moins par une personne.

Revenons à notre sujet premier qui reste la recherche d'un sujet, espérons que le seul fait d'écrire et de relire ces quelques lignes pourrait m'amener à trouver un sujet quelque peu digne d'intérêt pour mes futurs et indispensables lecteurs oublieux.

Un policier, pourquoi pas ? Un de plus dans l'immense bibliothèque mondiale, pourquoi faire ? Il y a assez de faits divers, de films et de téléfilms qui ont traité ce sujet pour que ma contribution soit totalement insignifiante.

Un roman de science fiction dans lequel tout est possible car rien n'est vrai, où tout est imaginable jusqu'au seuil de l'inimaginable, où tout est présent mais impalpable, non, il y a assez de réalité pour ne pas commencer à déjà en sortir. Alors ce sera de la réalité, pas de la vérité, mais du possible, du probable, de la banalité quoi ! !

Dix-huit heures et quarante cinq minutes, jeudi 14 novembre, le ciel parisien dépose son crachin à la lumière des réverbères qui s'allument sur la ville, qui petit à petit se décharge de son flot de travailleurs pressés regagnant leurs foyers, leurs domiciles, leurs familles ou leurs solitudes.
   Le café de la rue Edouard Balandrin, près de la gare Montparnasse, commence à descendre ses stores. Deux garçons de café s'affairent à empiler les chaises de la terrasse avec un sourire qui annonce la débauche pendant que le patron compte la caisse avec un air appliqué et sert une dernière cliente, une jeune femme brune qui achète des cigarettes.
   Le temps est un peu frais et David remonte le col de son manteau noir en passant devant le café, l'air était moins froid dans le métro, réchauffé par le frottement des pneus des rames sur les rails et par l'entassement des gens, leurs respirations, leurs transpirations de fin de journée. Ces choses qui font que le trajet pour aller travailler en métro est plus pénible le soir que le matin et qu'il devient agréable de remonter son col quand nous avons enfin atteint l'air libre.
   Le crachin s'est transformé en pluie le temps que David parcoure les cinq cent mètres qui séparent la station de métro Montparnasse dont il est sorti, de son appartement. La jeune femme du café sort et marche derrière lui avec un grand parapluie noir qui la protège et cache son visage. La pluie a déjà bien imprégné les cheveux courts de David et quelques gouttes commencent à descendre sur ses tempes. Il déteste cela et, à peine arrivé dans le hall de l'immeuble à deux cents mètres du café, il frotte

vigoureusement ses cheveux bruns qui, mouillés, se dressent en désordre sur sa tête et lui donnent un air quelque peu effaré quand il ouvre sa boîte aux lettres.

Un couple d'une cinquantaine d'années sort de l'ascenseur. Le regard de la femme s'emplit de curiosité à la vue du jeune homme qu'elle s'imagine intrigué par un hypothétique courrier. Mais il n'y a aucune lettre qui vaille la peine d'être surpris, d'exploser de joie ou de s'écrouler en pleurs. Aucun avis de naissance, aucun chèque de la loterie nationale, aucune enveloppe noire remerciant d'une quelconque présence après un drame de la vie. De toutes façons, David le sait, il ne peut rien y avoir d'excitant, de différent, il n'attend rien, ce n'est peut-être pas plus mal comme ça d'ailleurs.

Il monte au troisième étage par l'escalier, sa serviette en cuir noir dans la main droite, une lettre de la banque, un relevé de compte sans doute, et quelques publicités pour supermarchés dans l'autre main. Arrivé devant sa porte, il fouille ses poches, en tire un jeu de clefs, l'une d'elles ouvre le verrou et il se retrouve à l'intérieur, enfin, au calme, au sec, entouré de ses objets familiers, amicaux, dans l'ambiance qu'il s'est créée, avec sa décoration, ses habitudes, son atmosphère.

Son appartement est composé d'une cuisine, d'une salle de bain et d'une grande pièce d'une soixantaine de mètres carrés qui lui sert à la fois de salon-séjour, de chambre et d'entrée. Un grand lit dans un coin de la pièce avec une petite table de chevet et une grande armoire juste devant font office de chambre. Dans le coin opposé, trois fauteuils disposés autour d'une grande table basse sont dirigés vers la télévision surplombée par un immense tableau représentant des formes plus ou moins géométriques aux couleurs contrastées signé Renaud Gemin. Dans un autre coin de la pièce il y a une table et quatre chaises qui ne servent vraiment que quand plusieurs personnes viennent manger. La pièce est assez pauvre en meubles, ce qui lui donne l'effet d'être plus grande. Quelques plantes exotiques habillent la baie vitrée devant la terrasse qui donne sur le bâtiment d'en face. David aime bien son appartement, il paye assez cher son loyer mais ne le regrette pas, il avait mit plusieurs mois avant de trouver un endroit qui lui convienne et il est heureux de ne pas avoir saisi les premières occasions qui ne le satisfaisaient guère.

    Il soupire, il savoure ces quelques secondes pendant lesquelles il ressent un bonheur intense, heureux d'être là, soulagé. Fini les petites angoisses du travail, le temps perdu par les retards des transports en commun, il est bien, il est chez lui. Il sait qu'il a d'autant plus besoin d'apprécier cet instant car les secondes dureront mais pas le bonheur. Après quelques minutes, ce ne sera plus que seulement juste agréable d'être là, puis une heure après viendra le quotidien, l'habitude, s'il ne se passe rien, si aucune soirée entre amis n'est prévue comme c'est le cas ce soir. Nous sommes jeudi et pareil à la veille, soirée tranquille, un peu ennuyeuse car trop souvent répétée, pas vraiment déprimante mais qui n'apporte rien. Rien d'exceptionnellement bien ne se passera et rien d'absolument tragique non plus ne devrait venir perturber le temps qui s'écoule.

Programme préétabli, David enlève ses chaussures, s'assoie lourdement sur le fauteuil du milieu, vide ses poches sur la table et pose un doigt sur la télécommande de la télévision. Le son et l'image emplissent à présent la pièce, lui conférant une légère chaleur, une impression de vie soudaine comme après une hibernation dans la pénombre stoppée par ces flashs brillants et répétés. Les informations offrent le panorama d'un monde fatigué, d'une Terre abîmée par l'Homme, comme hier, comme avant-hier, comme il y a dix ans, c'est la vie donc.

Un apéritif avant de manger ? Pourquoi pas ? C'est convivial, ça occupe, ça n'est pas vraiment bon quand c'est tous les jours, on nous le dit tout le temps, en témoignent les nombreuses campagnes publicitaires, mais bon, David commence à sentir l'ennui qui monte depuis une demi-heure qu'il est là, alors il se laisse tenter. Ce n'est pas la fin du monde d'ailleurs, de toutes façons, il est jeune, vingt-huit ans à peine. Il fait un peu de sport de temps en temps, ça ne peut donc pas faire de mal, pense-t-il, comme pour essayer de se rassurer, de se trouver un alibi. Mais surtout, ça le rend gai, jovial, comme s'il partageait quelque chose, un moment avec quelqu'un, un échange. Il sourit en faisant tourner le glaçon dans le verre de Whisky qu'il vient de se servir, il cherche ses cigarettes, son briquet, fait glisser un cendrier sur la table basse en bois foncé sur laquelle se mêlent le courrier, ses clefs et plusieurs pièces de monnaie. Pendant quelques instants, personne au monde n'est plus heureux que lui, ça ne dure que quelques minutes, il le sait et il en profite, tous les petits plaisirs qui semblent immenses sont bons à prendre.

Vingt et une heures, juste le temps de se préparer quelque chose à manger avant le début du film, deux tranches de pain de mie, un bout de saucisse, un reste de pizza à faire chauffer et un verre de Bordeaux Château Corazzini-Sylvestre qu'il a ouvert quelques jours plus tôt, ça suffira. David aime bien les bons petits plats, mais tout seul, il n'a pas vraiment envie de se donner du mal à cuisiner. Il le ferait avec plaisir pour quelqu'un. Il est impatient de montrer à quelqu'un ce qu'il sait faire, ou plutôt il aimerait avoir à montrer à quelqu'un ce qu'il peut faire. En fait, il voudrait surtout qu'il y ait un « quelqu'un » et surtout une « quelqu'une ».

David se réveille en sursaut, la neige grisâtre a envahi le poste de télévision, il s'est encore endormi sur son fauteuil, il se déshabille lentement, se dirige vers la salle de bain avant d'aller rejoindre son lit, programmer son réveil et s'endormir en ne pensant à rien.

*

Dix-huit heures le même soir, la place des Halles transpire de la foule hétéroclite des parisiens. Des hommes d'affaires en complet gris, le regard droit, le pas déterminé qui rentrent chez eux ou vont dîner pour parler affaires. Des étudiants à l'allure nonchalante, la coiffure ébouriffée, les vêtements trop larges, qui discutent en groupe. Un clochard, le verbe haut, qui interpelle les passants. Une patrouille de la police municipale qui semble attendre qu'il se passe quelque chose en espérant qu'il ne se passe rien. Tout ce petit monde qui fourmille autour des magasins de fripes, des marchands de sandwichs grecs, des vendeurs ambulants de bijoux fantaisies. Tout ce petit monde fait vivre le cœur de la ville. Ambiance de début d'hiver, quelques marchands de marrons chauds laissent flotter une odeur qui navigue dans la rue Saint Denis poussée par un léger courant d'air.

A l'intérieur du café « Au Père Tranquille », les tables ne désemplissent pas, un couple attend qu'une place se libère et les serveurs ne savent plus où donner de la tête. Prés de la cheminée avec son immense miroir, deux jeunes femmes boivent leur chocolat chaud. Leurs mains serrent les tasses et les portent à leurs bouches avec un tel plaisir dans leurs yeux qu'on pourrait croire que le précieux liquide réchauffe leurs corps entiers. Une fois les tasses reposées sur la table, la discussion entre les deux amies peut reprendre bon train.

« Tu es vraiment sûre qu'il ne t'intéresse pas ? »

« Non, c'est gentil, mais tu sais, tes collègues de boulot, je crois que je préfère m'en passer, je n'ai pas trop envie de renouveler l'expérience de la dernière fois, et en plus j'ai le temps, pourquoi veux-tu absolument me trouver quelqu'un ? »

« Je ne sais pas, ça te ferait du bien, tu dis souvent que tu ne sais pas quoi faire, au moins ça t'occuperait ! »

« Ouais, hé bien, moi, ça va, et il y a d'autres choses à faire pour s'occuper ! »

« OK Lisa, te fâche pas, je disais ça dans le vide »

Lisa est une jeune femme mince aux cheveux longs et bruns. Sa silhouette fragile se devine même sous ses vêtements d'hiver et lui donne un air juvénile qu'elle déteste. Elle a vingt-six ans depuis trois mois et aime à se considérer comme une vraie femme, elle a un travail, des amis, un appartement qu'elle loue, elle se débrouille toute seule, elle est presque heureuse quoi, il ne lui manque que quelqu'un pour partager son quotidien qui lui semble un peu triste parfois. Souvent, elle peste contre elle-même d'être si pressée à vouloir rencontrer quelqu'un, à vivre un grand amour. Comme ce genre de chose ne se rencontre pas tous les jours et que pour l'instant, elle attend, alors elle est un peu malheureuse, un peu mélancolique quand elle y pense.

« Bon Emma, il faut que j'y aille, demain, c'est vendredi, c'est mon dernier jour de travail, il vaut mieux que je sois en forme, embrasse Philippe pour moi, on s'appelle ! »

Les deux amies se lèvent et se dirigent vers leurs foyers respectifs. Lisa rentre dans les couloirs du métro, ligne 4, direction porte d'Orléans, la cohue s'est un peu calmée, l'heure de pointe de la débauche est presque terminée. Pour Emma, c'est le RER B jusqu'à Denfert-Rochereau, le quartier où elle habite.

Dix-huit heures quarante, un flot de voyageurs s'engouffre dans le métro à la station Montparnasse pendant que Lisa se fraye un passage pour descendre. Elle bouscule un jeune homme en manteau noir qui descend aussi, semble perdu dans ses pensées et ne la remarque même pas. Paris, une si grande ville où l'anonymat est roi.

Elle se dirige à pas pressés sous son parapluie vers la rue Edouard Balandrin. Arrivée là, le café est en train de fermer ses portes, elle a juste le temps de s'y arrêter pour acheter des cigarettes, un paquet suffira, de toutes manières, elle ne va pas sortir ce soir et personne ne doit venir la voir, elle ne fumera donc pas beaucoup ce soir. En ressortant du café, elle rouvre son parapluie pour échapper à la pluie et marche tête baissée vers son appartement situé à 100 mètres, en suivant un homme, en manteau, qui lui se mouille.

Lisa habite au deuxième étage d'un immeuble récemment ravalé, un petit deux-pièces, plafonds hauts, murs blancs, parquet flottant, l'appartement de ville standard pour une jeune célibataire. La décoration, résolument moderne, laisse quand même une impression de chaleur. Les murs de la pièce principale sont habillés de quelques reproductions de peintures de grands maîtres comme Saint-Marc ou Gourves, mises sous verre. Une lampe de chevet fantaisie est posée à terre devant l'ancienne cheminée en marbre condamnée et diffuse une lumière agréable et tamisée. Un canapé, recouvert d'une housse crème, fait face à un meuble à tiroirs sur lequel se repose une petite télévision qui ne sert que rarement.

Lisa ne regarde pas souvent la télévision, elle ne supporte pas d'être totalement passive intellectuellement, elle lit beaucoup et cela suffit à l'occuper des heures entières, en témoignent les étagères qui regorgent de livres allant d'œuvres littéraires à des romans policiers en passant par des magazines d'actualités.

En arrivant, elle pose ses affaires sur le porte manteau et s'assoit sur le canapé, elle a un peu le cafard, elle repense à la discussion avec Emma. C'est vrai qu'elle s'ennuie un peu, qu'elle aimerait trouver un homme avec qui elle partagerait un bout de chemin ou la route entière tant qu'à faire. Ca fait deux ans qu'elle n'a pas eu une aventure sérieuse, une histoire qu'elle aurait eu envie de faire durer. Seulement quelques rencontres qui n'ont jamais débouchées sur quelque chose de vraiment concret, elle s'impatiente un peu, tant de personnes célibataires à Paris et pourtant il y a déjà longtemps qu'elle sait qu'il est difficile de rencontrer quelqu'un de bien, quelqu'un qui vaille la peine. Enfin, ça viendra bien un jour, elle essaye de prendre cela avec optimisme mais elle n'arrive pas à imprimer le moindre sourire sincère sur son visage, seulement le léger sourire crispé de l'agacement. Elle se sent déjà presque découragée de ne pouvoir obtenir une chose que finalement elle imagine seulement, puisqu'elle ne l'a pas encore vraiment connue. Elle trouve ça insolite et paradoxal et essaye de se persuader de garder, au fond d'elle, un peu d'espoir.

Et pour ne rien arranger, demain, son contrat de travail arrive à son terme, il va falloir retrouver du travail, vite, maintenant qu'elle vit seule, elle n'a aucune envie de retourner chez ses parents.

Elle essaye tant bien que mal de laisser ces pensées de côté et commence à préparer son dîner.

Une tranche de jambon de Paris agrémentée de haricots verts, un yaourt nature. Un regard furtif par la fenêtre, des passants, encore de la pluie, toujours des voitures qui cherchent des places pour se garer. Elle pose son plateau-repas sur la petite table, s'assoie sur le canapé et mange sans beaucoup d'entrain.

Après avoir débarrassé, fait la vaisselle, passer un coup d'éponge sur la table et s'être brossée les dents, elle rentre dans la chambre. Elle fait glisser la petite robe noire de la journée à ses pieds, dégrafe son soutien-gorge et se glisse dans le lit. Elle prend le livre qu'elle a commencé ce matin même dans le métro et se replonge dans l'histoire. Une heure après, le livre est tombé sur le drap et ses yeux sont fermés.

*

Sept heures et cinquante minutes, un bruit légèrement strident et répétitif retentit dans l'appartement de David. C'est le réveil qui annonce encore une journée de travail, une journée où il va falloir se lever alors que l'on aimerait bien rester à somnoler au lit jusqu'à midi, encore plus que les jours où on peut vraiment le faire. Le bruit cesse, David se retourne et se rendort avant même d'avoir fini son mouvement.

Quelques bribes de lumière entrent dans la pièce par les volets roulants qui n'ont pas été complètement fermés, l'ambiance est apaisante et douce. L'appartement est calme, on n'entend que très lointainement le bruit de la ville, on pourrait se croire à la campagne. Le même bruit qu'il y a un instant jailli de nouveau du petit appareil chromé posé sur la table de nuit. David se tourne, cherche le réveil en tapotant sur le meuble, tape dessus et ouvre les yeux avec difficulté. Il le sait, c'est la seconde sonnerie, il ne faut pas se rendormir. Un soupir, un effort pour s'asseoir sur le bord du lit, se frotter les yeux, le plus dur est fait. Il se lève, s'approche de la baie vitrée et lentement il remonte le store pour laisser la clarté du matin envahir la pièce. Sur la table basse, les restes du dîner de la veille et le cendrier sale. Un deuxième soupir et David se dirige vers la salle de bain. Le caleçon atterri dans la panière à linge sale et David dans la douche. Petit à petit, l'eau chaude le sort de sa nuit, réveille ses idées et ses muscles, il bouge plus rapidement et commence même à se sentir en forme. Après s'être énergiquement essuyé avec la serviette de bain qu'il noue autour de sa taille, il attrape son rasoir électrique, son déodorant et procède au rituel quotidien qui consiste à faire de lui un homme propre et frais. Il retrouve sur le fauteuil son pantalon de la veille, attrape une chemise blanche et essaye tant bien que mal de faire un nœud de cravate devant le miroir de l'armoire. A huit heures vingt, la cafetière qui s'est déclenchée automatiquement cinq minutes plus tôt laisse échapper des grognements de vapeur qui annoncent que l'eau est entièrement passée et que le café est prêt. David se dirige vers la cuisine, se verse le café dans une grande tasse, ajoute deux morceaux de sucre et va s'installer dans un fauteuil devant la télévision. Bien que les émissions du matin ne soient pas trop à son goût, il aime bien flâner devant, le temps de son petit déjeuner.

Il est maintenant tant de partir, les chaussures, le manteau, la serviette, un check up rapide des poches, la monnaie, les clefs, le portefeuille, tout est bon, en route pour la dernière journée de travail de la semaine, ce qui lui donne un peu d'entrain et surtout un air plus dynamique et heureux que les autres jours de la semaine. Il prend l'ascenseur pour descendre les trois étages, la pluie de la veille s'est calmée et a laissé la place à un temps gris mais sec. David marche vite vers la bouche de métro, il est resté un peu trop longtemps devant la télévision et il est un peu en retard.

Le quai est bondé de monde ce matin, comme presque tous les matins d'ailleurs, mais il arrive à se glisser dans une rame du premier métro qui passe. Au fur et à mesure des stations, le métro se vide et l'atmosphère devient respirable. Un homme d'une cinquantaine d'années aux cheveux grisonnants et au costume fatigué vient de monter avec un accordéon dans les bras. Il entonne un air de bal musette qui fait décrocher quelques sourires aux passagers et provoque des étincelles dans les yeux des moins jeunes. Une jeune femme brune lui donne une pièce avant de descendre à la station des Halles. Quand David descend deux stations plus loin, à Réaumur-Sébastopol, l'artiste n'a ramassé que peu d'argent, bien peu comparé au petit bonheur qu'il a donné aux personnes qui vont aller travailler avec un air de musique gaie dans la tête.

*

Lisa se réveille, il est sept heures. Elle s'éveille souvent avant que le réveil ne sonne. Le livre de la veille est toujours là, posé sur les draps, à côté d'elle, fermé sans le marque page. Elle tâtonne pour allumer sa lampe de chevet, prend cinq minutes pour se réveiller complètement et se lève. C'est son dernier jour de travail, son contrat à durée déterminée arrive à son terme et n'est pas reconduit. Ce n'est pas qu'elle ne fasse pas l'affaire pour le poste, mais le travail pour lequel elle a été embauchée pendant une année est à présent terminé. Il s'agissait de la restructuration du service courrier d'une grande entreprise. Avec sa licence d'administration économique et sociale, c'était un poste inespéré qui sera surtout du meilleur effet sur son curriculum vitae, pour ses prochaines recherches d'emploi, après les quelques petits boulots mentionnés dessus qui seront dérisoires par rapport à cette expérience ci. Elle déjeune en regardant son bol de café sans lever la tête. Elle regrette que ce travail se termine déjà. Elle essaye tout de même de rester positive quant à la suite de sa vie professionnelle, elle a déjà un entretien d'embauche lundi matin comme secrétaire-assistante de direction mais elle serait bien restée à la même place. Elle commençait à bien connaître toutes les personnes du service et à se sentir à l'aise dans ses fonctions, et il va falloir recommencer, s'intégrer dans une équipe, discuter, apprendre à se connaître. Elle relève la tête de son bol, ce n'est pas plus mal le changement se dit-t'elle, toute nouvelle expérience est bonne à prendre. Ces dernières pensées lui mettent un peu de baume au cœur et une étincelle point dans ses yeux. En sortant de sa douche, elle sèche ses cheveux, regarde attentivement son grain de peau, cache avec un peu de maquillage les légères imperfections de son joli petit visage, enfile des sous-vêtements coordonnés bleu clair, un chemisier blanc cintré et un tailleur-jupe gris clair au-dessus du genou. Après s'être parfumée et regardée dans le miroir pendant deux bonnes minutes pour être totalement sûre que rien ne cloche, elle sort, ferme la porte à double tour et descend les deux étages par l'escalier en enfilant son manteau.

A la station de métro Montparnasse, Lisa prend la ligne 4. Elle a de la chance, elle trouve une place assise bien que la rame soit surchargée. Deux stations plus loin, un homme monte avec un accordéon et entonne quelques airs gais. Quand elle reconnaît « A le petit vin blanc … », elle se rappelle ce week-end ensoleillé où avec sa meilleure amie Emma, elles étaient allées boire un verre dans une guinguette sur les bords de Marne à Nogent. Elle se lève, trouve une pièce dans la poche de sa veste, la donne au musicien et descend aux Halles, c'est dans ce quartier qu'elle travaille.

*

A l'entrée du bâtiment qui abrite le cabinet d'architecte Caret & Co, David répond au bonjour du vigile par un signe de la main et monte dans l'ascenseur. Le cabinet occupe tout le quatrième étage de l'immeuble. David est associé avec deux autres architectes depuis deux ans. La nouvelle entreprise est en phase de développement et en progression constante. La première année a été difficile mais maintenant le cabinet commence à bien marcher à la grande satisfaction de David. Après avoir salué la secrétaire, il passe dire bonjour aux autres membres de l'équipe et se dirige vers la petite pièce qui sert de débarras. Ici a été installée une cafetière qui distille, tout au long de la journée, la boisson que tout le monde partage. Il retourne dans son bureau avec la tasse à la main, pose ses affaires, allume son ordinateur et consulte sa messagerie. Deux ou trois coups de téléphone et David se met à travailler sur un projet de galerie marchande à rénover aux environs de la gare de Lyon.

Vers midi, ses deux collègues, Jean et Rodolphe, viennent le chercher pour aller déjeuner. Ils ont sélectionné un restaurant à dix minutes à pied du bureau, à deux pas du forum des Halles. Sur le trajet, ils échangent quelques idées sur leurs projets en cours et sur la santé financière de leur petite entreprise. Arrivés devant le restaurant de style parisien, ils laissent courtoisement entrer avant eux, deux jeunes femmes. Elles discutent toutes les deux et font à peine cas de la galanterie des trois hommes. David et ses deux collègues s'assoient autour d'une table ronde, commandent le plat du jour, une pièce de bœuf sauce poivre vert servie avec un gratin dauphinois, une bouteille de Côtes du Rhône « Clos des Capons » et ils commencent à déguster leur repas. Le restaurant est pratiquement complet, les serveurs pressés ont des gestes rapides, le bruit monte petit à petit jusqu'à se transformer en vacarme, on pourrait se croire dans une grande brasserie. Des gens boivent l'apéritif au comptoir en attendant une table pendant que d'autres boivent leurs cafés et règlent leurs additions. Une fois rassasiés, les trois associés reprennent le chemin du bureau pour aller prendre le café. Ils ont jugé le service trop lent, ils ne veulent plus attendre, même pour un café, et préfèrent commencer leur après-midi de travail le plus tôt possible. Nous sommes vendredi, c'est la journée que tout le monde voudrait terminer le plus tôt possible et David, comme ses collègues, ne déroge pas à cette règle.

A dix-sept heures, David décrète qu'il est temps de rentrer. Il a rendez-vous chez Daniel, son copain de lycée vers dix-neuf heures. Ils ont partagé le même bureau dans la même classe pendant deux ans à Bayonne avant de monter à Paris pour poursuivre leurs études. Au fur et à mesure du temps, ils sont devenus de vrais bons amis et David est impatient de passer une bonne soirée. Il s'empresse de mettre un peu d'ordre en rangeant ses affaires, souhaite un bon week-end à toute l'équipe du cabinet et prend la route de son appartement d'un pas volontaire. Arrivé chez lui, avec le sourire, David passe par la salle de bain, il se douche, cherche un jean presque neuf, un t-shirt, un pull noir et cire rapidement une paire de chaussures. Un coup d'œil dans la glace, un léger trait de parfum et le voilà prêt. Il descend les trois étages par l'escalier, déboule dans la rue le pas pressé et se dirige vers l'appartement de Daniel. Il y va à pieds, il y a presque trois kilomètres jusqu'à Denfert-Rochereau, là où son ami Daniel habite, mais il a envie de marcher. Il semble respirer la joie de vivre. Il va passer la soirée avec des amis et rien ne le rend plus heureux que cela. David n'a pas vraiment de grande passion comme on peut en avoir pour un sport, un art ou bien une activité. Ce qui le passionne, c'est partager du bon temps avec ses amis, la communication, l'échange.

*

Arrivée à son bureau, tout le monde salue Lisa chaleureusement pour son dernier jour. Elle s'est fait quelques bonnes relations et ces gens là sont un peu tristes qu'elle parte. Seul André, surnommé «le gros Dédé » lui adresse un bonjour sec. Il l'a souvent draguée ouvertement mais elle n'a jamais répondu à ses avances. C'est un homme un peu grossier, un peu rustre et qui n'a pas supporté de se faire remballer. Depuis, il exprime son dédain le plus souvent possible en lui jetant des regards de dégout mais aujourd'hui, Lisa a décidé que rien ni personne ne la mettrait en colère, elle l'ignore, elle veut donner une bonne image d'elle-même avant de quitter cet emploi. Elle va passer sa journée à donner des consignes pour la suite et à ranger ses affaires. Emma, sa meilleure amie, travaille aussi dans l'entreprise Bourinet-Augé. C'est elle qui à l'époque l'avait informée qu'ils cherchaient quelqu'un pour le service du courrier. A midi, Emma passe au bureau de Lisa pour aller déjeuner comme à leur habitude. Elles marchent un peu et entrent dans un restaurant où elles vont de temps en temps. Elles discutent toutes les deux et ne font pas attention aux trois hommes qui les laissent passer devant eux. Une salade périgourdine pour Lisa, une salade aux trois fromages pour Emma, le tout accompagné d'une bouteille de San Pélégrino. Elles mangent rapidement pour avoir le temps d'aller boire un café ensemble sur une terrasse et discuter de ce qu'elles vont bien pouvoir faire ce soir. De retour de la pause méridienne, elles se donnent rendez-vous plus tard chez Lisa et retournent finir la semaine de travail. L'après-midi est calme pour Lisa, le pot de départ a été donné mardi, trois jours auparavant, pour réunir toutes les personnes du service en même temps en évitant les jours de congés de certains. A quinze heures, Lisa décide de rentrer. Après avoir salué et remercié tout le monde, promis de revenir de temps en temps et de les tenir informés du déroulement de sa carrière, elle prend ses dernières affaires et regagne son domicile avec la nostalgie propre aux adieux et à la fin d'une petite page de la vie.

 Arrivée chez elle à seize heures, elle s'allonge sur le canapé pour faire un somme, elle a envie de se vider la tête, ne plus penser à ces adieux, à retrouver un emploi, à chercher quelqu'un pour partager sa vie. Elle s'endort.

*

 Après une demi-heure de marche, David arrive enfin chez Daniel pour commencer la soirée. Il sonne, il entre. Vincent et Muriel sont déjà là. Vincent est un des collègues de travail de Daniel. David le connaît, ils ont déjà passé plusieurs soirées ensemble et s'entendent bien. Muriel, la fiancée de Vincent est une fille très à l'aise qui se mêle à toutes les conversations alors que Vincent est plutôt timide et préfère laisser parler les autres. Laurent, l'autre copain d'enfance de David et Daniel arrive juste après et ils peuvent commencer à prendre l'apéritif. Laurent n'était pas avec eux en classe mais il a grandi dans le même quartier que Daniel où ils se sont liés d'amitié très tôt et ont connu David par la suite. Ces trois là sont devenus quasiment inséparables. Une bouteille de Pastis traîne sur la table ainsi qu'une bouteille de Bordeaux. Ce soir, c'est plutôt le vin qui est apprécié. Il ne fait pas très chaud dehors et les glaçons que l'on met dans le Pastis d'habitude ne sont pas du goût des convives de ce soir. Vingt minutes après, Sophie arrive. C'est la voisine de Daniel qui de temps en temps se joint à eux. David s'est déjà rendu compte qu'il aurait pu faire quelque chose avec elle mais malheureusement, elle n'est pas trop à son goût. Il a senti plus d'une fois qu'elle aurait été d'accord pour passer un peu plus qu'une simple soirée en sa compagnie mais il y a des fois où on ne le sent pas et David ne l'a jamais senti malgré qu'il la trouve très sympathique et assez mignonne.

Après une heure, tout le monde commence à se sentir un peu gai, une deuxième bouteille de vin a été débouchée, ce Bordeaux, château Deniaud-Chantal 2001 a un franc succès. La sauce tomate et le guacamole commencent à manquer pour tremper les tortillas mexicaines qui font office d'amuse-gueule. L'intensité des voix a sensiblement augmenté et les sourires font place aux rires. L'ambiance est chaleureuse, c'est exactement ce qu'aime David. Il n'y a plus de gêne, beaucoup moins d'inhibition qu'une heure auparavant, on parle de tout, de rien, on refait un peu le monde, on parle des autres, de la vie beaucoup, du travail un peu, du dernier disque écouté, du dernier film vu au cinéma, c'est un bon moment. En terminant son verre, David annonce qu'il est l'heure de partir pour le restaurant, la réservation est pour vingt-deux heures et il faudra bien une demi-heure pour s'y rendre. C'est David qui a choisi le restaurant ce soir, un endroit qu'il a déjà fréquenté deux ou trois fois, « Chez Paul », au coin de la rue de Lappe et de la rue de Charonne, au beau milieu du onzième arrondissement. On y sert une très bonne côte de bœuf en croûte de sel de Guérande et David étant un grand amateur de viande, il a décidé d'y amener ses amis et de leur faire découvrir ce lieu et surtout ce régal des papilles. Une fois la table d'apéritif débarrassée, la troupe d'amis se dirige vers la sortie de l'appartement de Daniel en récupérant manteaux et sacs.

Ils montent tous dans la voiture de Vincent et Muriel, c'est un monospace et à six personnes, c'était le plus pratique pour se rendre jusqu'au restaurant. Après s'être difficilement garé, ils marchent vers le restaurant et c'est David qui arrive le premier à l'entrée. Un groupe de jeunes femmes accompagnées d'un homme détaillent la carte, demandent une table mais la réponse du serveur qui se trouve devant la porte est claire, il aurait fallu réserver. Le petit groupe s'écarte, David en arrivant fait un signe de la main à travers la fenêtre qui donne sur le comptoir, le patron reconnaît David et s'empresse d'aller ouvrir la porte et de lui donner une vigoureuse poignée de main en échangeant les banalités d'usage. Leur table est prête, ils s'asseyent, se débarrassent de leurs manteaux et prennent les cartes. Le restaurant est plein, des gens attendent pour être placés et une jeune femme essaye désespérément de vendre quelques roses aux couples qui dînent en amoureux. Les grandes discussions d'un peu plus tôt ont repris de plus belle, le dernier concert qu'il ne fallait absolument pas rater, les prix de l'immobilier parisien ou comment faire pour payer moins d'impôts. Dans le brouhaha grandissant, David appelle un serveur qui s'approche d'eux pour prendre la commande en leur apportant des kirs, l'apéritif maison offert. Le repas se déroule on ne peut mieux, tout le monde est satisfait du choix de David question nourriture et le vin est à température idéale. David, Daniel et Laurent discutent de leur adolescence à Bayonne, de ce pays qui leur manque tant à Paris. Des couleurs, de la plage, des parties de pêche à la ligne, des premiers cours de surf, des fêtes pendant l'été, de la joie, du soleil qu'ils ont du mal à retrouver ici. Pendant ce temps, Muriel et Sophie s'en donnent à cœur joie en commentant les derniers potins de la vie des peoples lus dans quelques magasines féminins. Vincent les écoute, un peu surpris, il n'a jamais entendu discuter sa copine de ce genre de choses, c'est vrai qu'ils sortent rarement si ce n'est avec David et Daniel et il y a rarement d'autres filles.

 Après le dessert, les six amis commandent des cafés, accompagnés d'un Armagnac pour les garçons et d'un verre de Manzana pour les filles. Ils sont tous de plus en plus éméchés et les discussions un peu plus profondes sur le temps qui passe, sur la vie elle-même, de la métaphysique de comptoir, prennent le pas sur les souvenirs et les anecdotes de la semaine. David explique à Daniel et Laurent combien il devient de plus en plus difficile de rencontrer une fille bien de nos jours, qu'il ne cherche plus vraiment, qu'il attend que ça lui arrive par hasard car il a l'impression que plus il cherche et moins il trouve ou bien il déniche des filles qui ne lui conviennent pas. Il est tout de même optimiste mais commence à être un peu pressé et agacé que dans une si grande ville, avec une bonne moitié de personnes célibataires, ce soit si difficile de rencontrer une fille bien, qui soit naturelle, avec un peu de caractère, douce, déterminée et pas ce genre de filles qu'il croise souvent, à plus de six heures du matin, avec des jupes de la même longueur que les talons de leurs chaussures et le visage si maquillé que le lendemain, on n'est pas sûr d'être avec la même fille que la veille. Après paiement de l'addition, le petit groupe d'amis se met d'accord pour continuer la soirée dans un bar-discothèque à l'ambiance teintée de soleil cubain situé à cinq cent mètres du restaurant. C'est le Boca-Chica, rue de Charonne. Un endroit dans lequel la bonne humeur se reflète sur les visages, dans les verres de Mojito et de Margarita.

*

Lisa se réveille. Cela fait maintenant deux heures qu'elle dort. Nous sommes vendredi soir, il est dix-huit heures et le soleil est presque totalement couché. La pénombre s'est installée dans l'appartement, Lisa est un peu lasse mais souriante, elle ne pense plus qu'à la soirée qu'elle va passer. Cette sieste a été efficace en sommeil réparateur et elle s'en félicite. Elle part dans la salle de bain, en sort trente minutes plus tard, pantalon noir, pull en laine noir moulant et très court qui laisse voir son nombril si elle lève les bras, talons hauts et maquillage léger. Elle part s'affairer dans la cuisine. Ce soir, elle a décidé avec Emma, que le point de rendez-vous serait chez elle. Elle prépare quelques toasts, vérifie qu'il y a du Coca-Cola au réfrigérateur et que le bac à glaçons est plein. Elle sort deux tabourets de derrière le canapé. Ce soir, Emma vient comme presque tout le temps avec Philippe, le garçon avec qui elle sort depuis deux ans et avec qui elle commence à parler mariage. Il y aura aussi Cécile et Annie, deux amies de Lisa et Emma. Ce ne sont pas des amies intimes de Lisa mais tout de même de bonnes copines qu'elle aime bien et elle sait que plus on est nombreux et mieux on s'amuse. Cécile et Annie sont beaucoup plus extraverties que Lisa. Elles parlent beaucoup, sont toujours très à l'aise en toute situation, sont très sexy quand elles sortent, voire allumeuses. Elles collectionnent les garçons, elles n'ont pas vraiment froid aux yeux comme on dit. Elles se trouvent apparemment comblées en tant que célibataires et ne semblent pas pressées de se fixer. De temps en temps, au fond d'elle, Lisa envie l'insouciance, l'enthousiasme et la joie de vivre qu'elles dégagent mais finit par préférer sa vie qui n'est pas forcément plus calme mais simplement plus réfléchie et plus prudente. Elles se sont toutes connues à la faculté, à Paris. Deux clans, Lisa et Emma d'un côté et Cécile et Annie de l'autre mais sans rivalité aucune. Elles se retrouvent souvent pour passer de bons moments ensemble auquel se joint sans rechigner Philippe. Bien qu'il soit le seul garçon, il passe en général d'agréables moments et ne se gène pas pour les railler quand les conversations deviennent un peu trop féminines ou trop féministes.

Tout le monde arrive aux alentours de dix-neuf heures. Lisa a dressé une nappe sur la petite table, disposé les sous-verres, les verres, les assiettes d'amuse-gueule et les bouteilles. Un peu de musique en fond égaye la soirée le temps que les conversations se mettent en place. Après deux ou trois verres, la température de la pièce est montée de quelques degrés. Lisa a ouvert la fenêtre pour que l'atmosphère soit respirable pour le non-fumeur qu'est Philippe qui commence à suffoquer. Cécile raconte l'histoire de sa première aventure à treize ans. Philippe, amusé, n'en perd pas une miette et demande des détails sous l'œil réprobateur d'Emma. On rit, on raconte sa semaine, ses anecdotes, on pastiche sa concierge, on se moque d'un collègue de travail, on fait le procès d'une ex-copine, on s'amuse. A vingt et une heures trente, ils mettent le cap vers le quartier de la Bastille par le métro, laissant l'appartement de Lisa tel quel, elle rangera demain. Arrivés sur leur lieu de prédilection en matière de virées nocturnes, ils marchent tous les cinq jusqu'au bout de la rue de Lappe, s'arrêtent devant le restaurant qui fait l'angle et lisent la carte. Ils sont intéressés et demandent une table mais un serveur qui fait office de portier leur signifie que l'établissement est complet, alors qu'il fait entrer, quelques secondes plus tard, un groupe de six personnes.

Ils continuent donc leur chemin, arrivent dans la rue du Faubourg Saint Antoine et décident d'aller manger au Barrio Latino. C'est un grand restaurant sur plusieurs étages qui fait aussi discothèque au rez-de-chaussée. On y sert de la cuisine mexicaine qui n'est pas du plus grand raffinement mais le cadre est vraiment très joli. On peut y danser après manger, ce qui évite de retourner dehors pour chercher un autre endroit pour continuer la soirée. Le serveur leur trouve une table ronde au premier étage autour de laquelle s'installent les cinq convives. Ils sont obligés de parler fort dans cet endroit pour se faire entendre. La musique atteint un niveau sonore assez élevé pour que les clients du rez-de-chaussée puissent danser, ce qui limite malheureusement la communication. Ce soir, ce sera fajitas de poulet et de bœuf pour toute la table, ces galettes de blé que l'on remplit de guacamole, de morceaux de tomates au piment, d'oignons frits, de poulet et de bœuf, que l'on roule et que l'on ingurgite en s'en mettant plein les doigts. Un plat, convivial somme toute, qui amène souvent à faire rire. Le vin chilien que Philippe a commandé, dénommé « Castillo Via-Iacono » semble ravir les filles qui ne tardent pas à finir la bouteille et à en commander une nouvelle. Les sourires de Cécile et Annie ainsi que leurs généreux décolletés font rougir le serveur qui propose d'offrir le café mexicain. Il y a toujours de bons côtés à passer des soirées avec ce genre de filles, se dit Philippe, sans sourciller car Emma le regarde. A la fin du repas, la décision de changer d'endroit est prise car beaucoup de monde arrive et la piste de danse prend des allures de quai de métro à heures de pointe.

*

Debout autour d'une table Vincent, Muriel, Laurent et Sophie discutent entre eux pendant que David et Daniel dégustent leurs verres de Mojito et regardent les gens qui dansent sur la piste. Il y a bien quelques jolies filles et Daniel essaye de motiver David pour aller se jeter à l'eau et draguer un peu mais aucune des filles ne semblent convenir à David. Quelques-unes ne sont pas vraiment à son goût, quelques-unes semblent vraiment trop faciles, d'autres trop guindées ou sans aucun charme.

« Regardes ces deux nanas là, elles sont pas mignonnes ? »

« Je dirais pas non, mais je les trouve un peu trop délurées à mon goût ! Voire plus ! »

« Au moins, elles diront pas non ! »

« Ce n'est pas vraiment ce que je cherche mais merci de ton dévouement pour trouver la femme de ma vie ! »

Et quoi dire, quoi faire, l'invariable «Bonjour, je m'appelle David, puis-je vous offrir un verre ? Comment vous appelez-vous ? Vous venez souvent ici ?». Toutes ces banalités niaises que nous expérimentons à dix-sept ans, qui perdent en intelligence et gagne en médiocrité au fil des années. Pour David, mieux vaut passer une bonne soirée entre amis sans penser au reste alors il profite de la présence de ses amis, il paye sa tournée, quelques pas de danse, beaucoup de discussions, surtout de comptoir et un peu trop d'alcool. Tout le monde passe une bonne soirée. A deux heures trente, la fatigue commence à se faire sentir et Sophie, la voisine de Daniel travaille le lendemain. Laurent veut rester, il s'est approché des deux demoiselles peu farouches, dont Daniel parlait avec David et à qui il expose des théories de fin de soirée à propos de la nécessité absolue de vivre prés de la côte Atlantique. Question de survie pour les gens nés là-bas d'après Laurent, qui en est à son huitième ou neuvième verre, qu'il renverse allègrement sur ses pieds. Vincent et Muriel rentrent chez eux dans leur monospace et ramènent Daniel et Sophie. David qui n'a pas envie de s'arrêter chez tout le monde en rentrant avec eux préfère prendre un taxi.

Il se dirige à pied vers la place de la Bastille, c'est la station de taxi la plus proche, car à cette heure, tous les taxis qui passent dans la rue sont déjà occupés. Arrivé rue de la Roquette, il aperçoit enfin un taxi libre, il lève le bras et sourit quand il voit que le chauffeur l'a repéré. Malheureusement, à peine le véhicule s'est-il immobilisé à quelques mètres de lui, qu'une jeune femme ouvre la porte et s'engouffre à l'intérieur, le clouant sur place, la bouche ouverte et le regard stupéfait. La voiture s'éloigne, il reste sans bouger, un peu en colère. Une minute plus tard, il a plus de chance et peut enfin se détendre sur le cuir du siège arrière d'une grosse Mercedes qui le ramène chez lui. Il paye le taxi, rentre dans l'immeuble, prend l'ascenseur car l'alcool qu'il a bu ce soir lui a quelque peu coupé les jambes. Dans son fauteuil, une dernière cigarette, un verre de Coca-Cola pour enrayer le futur mal de tête du samedi matin et dix minutes d'émission sur la pêche à la truite dans les rivières des Pyrénées orientales suffisent à l'envoyer au lit.

*

Sortis de leur restaurant où ils ne s'entendaient plus, Lisa et ses amis se mettent à la recherche d'un endroit un peu plus calme mais dans lequel on puisse danser tout de même. La petite équipe se met d'accord et en route pour un endroit non loin de là qui répond à leurs exigences. A peine à l'intérieur, Cécile et Annie partent danser sur la musique salsa et impriment à leurs corps des déhanchements qui ne laissent pas de glace la majorité des hommes présents et même quelques femmes. Lisa, Emma et Philippe les regardent, amusés et prennent un verre au comptoir en discutant de tout et de rien, en remuant doucement au son des basses. Les filles reviennent de la piste pour boire et porter un toast tous ensemble puis repartent de plus belle enflammer la piste et tout ce qui est masculin. Avec Emma, Lisa parle des hommes massés autour de Cécile et Annie, un verre à la main, l'air de rien, qui analysent les courbes des deux femmes aussi discrètement que le loup de Tex Avery.

« Regarde, ils cherchent à croiser un regard, un sourire, une attirance physique mutuelle pour aller démarrer une conversation qui finira sûrement par 'on va chez toi ou on va chez moi ?' » dit Lisa

« Mais Il y a sûrement des hommes très bien Lisa ! » répond Emma

« Oui, en minorité peut-être, mais en majorité, ils veulent simplement ne pas passer la nuit seuls ! »

« T'as peut-être raison, mais bon, il y en a des mignons ! »

« Je te les laisse »

« Tu ne lui laisse rien du tout » interrompt Philippe en riant

A deux heures bien passées, Emma et Philippe décident de rentrer. Lisa les embrasses, et décide quelques minutes plus tard de partir aussi. Elle va faire un tour aux toilettes, récupère son manteau au vestiaire, dit bonsoir à Cécile et Annie qui se sont trouvé un beau garçon avec qui discuter et qui leur vante la vie sur le bord de l'océan. Elle sort, marche un peu vite vers la place de la Bastille car elle commence à avoir froid. Avant d'y arriver, elle aperçoit un taxi libre qui s'arrête à quelques mètres d'elle. Lisa grimpe rapidement à l'intérieur. Elle donne son adresse et se demande pourquoi il s'est arrêté, pourquoi le chauffeur a eu l'air un peu surpris quoique à moitié endormi. Mais elle ne cherche pas plus à comprendre, elle est au chaud et bientôt chez elle et c'est ce qui lui importe le plus. Elle se dit qu'elle a eu de la chance et n'y pense plus. Le taxi la dépose, quinze minutes plus tard, devant chez elle. Elle monte et rentre dans l'appartement dans lequel flotte encore une odeur de tabac froid et d'alcool, mais respirable tout de même. Elle se sert un verre de Coca-Cola et fume une dernière cigarette. Elle se sent un peu seule, elle aurait pu trouver quelqu'un avec qui rentrer, un des admirateurs de ces amies si elle était allée les rejoindre pour danser, quelqu'un qui aurait passé la nuit avec elle, mais sans doute pas beaucoup plus. Alors elle se dit qu'elle a eu raison de rentrer seule. Elle part se coucher, elle rêvera sûrement d'un prince charmant.

*

Samedi, quatorze heures, David ouvre un œil. Le verre de Coca-Cola n'a pas été si efficace que cela pour le mal de tête, alors il décide de se tourner de l'autre côté et de se rendormir. Il sait qu'aujourd'hui, il n'a pas grand chose à faire. Comme un garçon, il déteste aller traîner les boutiques, il n'a pas de bricolage à faire dans l'appartement, mais surtout, il n'a pas envie de se lever. Alors, à ce moment là, pourquoi ne pas profiter de ce jour de repos pour se reposer simplement. A seize heures, il ouvre à nouveau un œil. Encore un peu fatigué, il décide tout de même de se lever. Il aimerait quand même voir le soleil ou au mieux la luminosité extérieure si le soleil est voilé, avant que celui-ci ne se couche. Il se lève péniblement, ouvre les stores, va se regarder dans le miroir de la salle de bain et grimace. Arrivé dans la cuisine, il grignote un peu de pain, sorti du congélateur et passé au four à micro-ondes, avec un peu de beurre et de confiture. Il traîne jusqu'à dix-huit heures, entre café, cigarette, douche, télévision, café encore, un peu de rangement, café toujours, cigarette encore. Hier soir, ils ont décidé avec Daniel de se faire une soirée tous les deux. Les autres ne sont pas disponibles et ça leur fait toujours plaisir de passer une soirée ensemble rien que tous les deux. Ils aiment à échanger des opinions, à parler de tout, de rien, de l'important, du futile.

Aux alentours de dix-neuf heures, David commence à se préparer. Il regarde dehors, la nuit vient de tomber et les gens rentrent de leur après-midi passé à faire les boutiques, à visiter le Paris touristique, à aller au musée ou dans des expositions d'art contemporain ou pas. Il détourne son regard de cette foule qui se presse dans la rue. Lui qui n'est debout que depuis trois heures, il trouve cela quelque peu amusant, puis se trouve un peu fainéant. A dix-neuf heures trente, il claque la porte de l'appartement. Il est maintenant complètement réveillé et souriant, il va chez son plus cher ami passer un moment agréable.

*

Il est onze heures à la montre de Lisa et le week-end commence. Bien qu'elle se soit couchée assez tard, elle est déjà en train de faire la vaisselle de la veille. Elle repense à la soirée d'hier soir. Elle aimerait être encore couchée pendant qu'un joli garçon lui préparerait amoureusement son petit déjeuner et viendrait le lui apporter en se recouchant auprès d'elle après qu'elle ait râlé en prétendant que ce n'est pas son tour à elle de le préparer mais bien le sien à lui. Ils se prêteraient la petite cuillère pour remuer leurs cafés. Ensuite ils partageraient le même tube de dentifrice mais pas la même brosse à dents. Ils partageraient la même serviette de bain, enfin, si elle est la première à s'en servir pour qu'elle soit sèche.

Mais où et comment dénicher cette perle rare ? Elle soupire. Après s'être lavée et habillée, elle se prépare un repas léger. Il n'y a presque plus rien dans le réfrigérateur et Lisa se contente d'une salade de tomates et d'un yaourt. Elle aurait bien mangé quelque chose de bien sucré au dessert mais ses placards ressemblent plus au désert du Kalahari qu'à la corne d'abondance.

Cet après-midi, elle a rendez-vous avec Emma au forum des Halles. Le rendez-vous shopping avec sa meilleure amie a été fixé il y a longtemps et il n'est pas question d'y déroger. Comme d'habitude, elles se rejoignent sur la terrasse du café «Au Père Tranquille» où elles boivent leurs cafés avant d'affronter la foule parisienne, les vendeuses débordées, les piles de vêtements mélangés, les queues devant les cabines d'essayage et devant les caisses, la chaleur dans les magasins, le froid et la pluie dans les rues. Se déshabiller, essayer, se rhabiller et se faire bousculer sur les escalators. Elles méritent bien un bon café avant cette tempête. Après trois heures de shopping intensif, le résultat valait bien l'effort. Lisa s'est trouvée une paire de chaussures noires à talons qui pourrait servir autant pour les sorties que pour aller travailler. Elle a aussi acheté un sac à main assorti et une petite jupe beige assez courte qui met ses jambes en valeur, selon les dires de son amie. Emma, quant à elle, a déniché un magnifique manteau d'hiver que Lisa lui envie déjà. Philippe, l'ami d'Emma, n'est pas là ce soir. Il est parti dans l'après-midi aider à déménager un ami à

Orléans et il ne rentrera que dimanche soir. Les deux amies décident donc qu'elles mangeront ensemble ce soir chez Emma. Elles sont heureuses de pouvoir passer un moment entre filles, c'est si agréable et ça fait longtemps qu'elles ne se sont pas retrouvées seules.

Après cette après midi épuisante, autant pour les jambes que pour les portefeuilles, Lisa rentre chez elle, dépose ses achats et se fait couler un bain parfumé aux huiles essentielles de mandarine et de bois de rose. Rien de tel pour se relaxer après une journée à marcher, à piétiner, à transpirer. Elle a remplacé la lumière blanche et cru des ampoules de la salle de bain par des bougies chauffe-plats qu'elle a installées aux quatre coins de la baignoire. Le pull-over enlevé, elle déboutonne son chemisier blanc, fait glisser son pantalon à terre et le ramasse pour le jeter dans une panière en osier qui contient déjà du linge à laver. Elle se débarrasse de ses sous-vêtements et elle rentre doucement dans l'eau. D'abord un orteil, un pied, puis une cheville, une jambe et puis les deux. Son bassin rentre encore plus doucement, elle sent le niveau de l'eau qui monte millimètre par millimètre sur ses hanches comme une caresse, un lent effleurement, prémices d'un moment d'extase. Elle s'assoie et s'enfonce dans l'eau troublée par le parfum des huiles relaxantes. Ses longs cheveux bruns flottent autour de sa tête, elle est apaisée. Seuls ses genoux, ses seins et son visage dépassent de la surface, comme autant de collines dépassant de l'onde après un déluge. Un compact-disc de musique lounge, distille des notes de sitar, nimbées de rythmes aux couleurs hindoues.

Elle ferme les yeux. Elle imagine deux mains qui lui caressent les épaules, la nuque, le visage. Des lèvres qui parcourent son cou pour remonter vers son menton et alunir sur sa bouche pour mettre en orbite géostationnaire ses sentiments amoureux autour de son cœur qui ne demande qu'à être exploré. Des lèvres douces et sensibles qui appartiendraient à quelqu'un, quelqu'un de bien. Après une vingtaine de minutes de détente, l'eau du bain commence à se rafraîchir et l'extrait de ses rêveries. Elle sort de son bain, se sèche lentement, enroule sa serviette autour de ses cheveux et enfile son peignoir. Après s'être appliqué un masque à la pulpe de pêche pour donner un peu d'éclat à son visage, elle s'habille de la petite jupe qu'elle vient d'acheter, d'un haut en coton tout simple, d'un pull et d'une veste noire. Elle est prête à partir chez Emma.

Elle quitte son appartement pour se diriger vers Denfert-Rochereau. Elle y va pied car elle doit s'arrêter faire quelques courses à emmener chez Emma pour manger, elle n'avait plus rien chez elle non plus. Elle emprunte le boulevard Saint-Jacques et s'arrête au supermarché. Elle pose dans son panier rouge une bouteille de rosé, côtes de Provence, deux boîtes de thon, une de maïs, une de cœurs de palmier, de la mozzarella, des tomates, de la purée de basilic et un bout de gruyère. En passant par le rayon dessert, elle se remémore son envie de sucré du repas de midi et se décide pour une boîte de préparation pour brownies, le fameux gâteau hyper chocolaté dont raffolent depuis toujours les américains et les français aussi, mais seulement depuis quelques années. Elle se dirige ensuite vers la caisse quand la boîte tombe de son panier. Elle se penche aussitôt pour la ramasser, mais bien maladroitement. Elle n'a pas l'habitude des jupes courtes. Elle vide rapidement son panier à la caisse car elle est déjà un peu en retard, il est presque vingt heures. Elle paye ses achats et se précipite vers la sortie du magasin la plus proche.

*

Sur le chemin pour aller chez Daniel, David décroche son téléphone portable et appelle son ami. Après quelques plaisanteries sur leur productivité pendant la journée qui vient de s'écouler, suite à la soirée de la veille, ils s'accordent sur ce qu'ils vont manger ce soir. David s'arrête donc au supermarché du boulevard qui mène à la place Denfert-Rochereau. Après avoir rempli son panier de supermarché d'une bouteille de vin de Bordeaux, et d'une quiche Lorraine surgelée, il remonte le magasin vers le rayon fruits et légumes.

Devant lui marche une fille mince en jupe assez courte. Ses cheveux longs balayent doucement son dos à la cadence de ses pas. Elle semble fragile mais avance d'un pas décidé. Elle a l'air rayonnante de fraicheur. Vu de dos, elle lui semble magnifique de grâce, une belle silhouette avec un panier en plastique, au logo du magasin, dans sa main gauche. Quand la boîte de préparation pour brownies, posée sommairement en équilibre sur le reste des courses dans le panier de la jeune femme, tombe à terre, elle stoppe et se penche d'un coup pour le ramasser sans penser qu'elle est en jupe courte et qu'il y a quelqu'un qui marche à quelques mètres derrière elle. David assiste, ébahi, au dévoilement de ces deux jambes sur toute leur longueur, de cette jeune femme sur laquelle s'étaient perdues ses pensées le temps de remonter le magasin jusqu'aux fruits et légumes. Elle a des jambes superbes, grandes, fines, sûrement encore halées de l'été qui s'est terminé il y a deux mois et demi. Il est encore sous le choc, alors que la jeune femme s'en est déjà allée vers le bout du rayon et vide son panier sur le tapis roulant de la caissière.

David reprend son chemin pour aller chercher sa salade, il est ailleurs, il a eu de la chance, et puis non, de la malchance, déjà l'image commence à disparaître de sa mémoire. Il sait que c'était magnifique, pas spécialement le fait de voir ses jambes entières mais le simple fait de marcher derrière elle, comme s'ils se connaissaient et faisaient leurs courses ensemble. Il ne veut pas perdre cette image, l'image de cette silhouette, de ces jambes et se demande s'il n'a pas rêvé. Il n'a pas vu son visage, il aurait dû l'interpeller, il aurait dû sauter sur la boîte et la lui ramasser. Il a été surpris, il n'a rien fait. Après ces quelques instants de réflexion, il se dit que c'est peut-être un signe, et il marche rapidement en direction de la caisse avec la ferme intention de ne pas laisser passer sa chance. Elle est déjà partie. Dommage. Il a senti, comme inconsciemment, quelque chose qui le poussait à ne pas la laisser partir, à l'aborder, à en savoir plus sur elle, enfin juste un peu puisqu'il part de rien, qu'il ne l'a jamais vu et ne la connaît même pas.

Il se sent un peu idiot d'avoir foncé comme cela sans raison pour aller interpeller une fille dont il n'a vu que les jambes mais qui a provoqué chez lui comme un coup de tempête dans son esprit. De toutes façons, qu'est ce qu'il aurait bien pu lui dire, « vous avez des jambes superbes » ou « pourriez vous recommencer, je n'ai pas bien vu, c'était trop rapide ». Alors, il passe à la caisse et sourit en repensant à cet heureux hasard. Il paye ses courses et sort avec ses sacs plastiques.

Quinze minutes plus tard, il arrive chez Daniel qui l'attend devant la télévision. Comme déjà abordé au téléphone quelques minutes plus tôt, David s'aperçoit vraiment que l'après-midi de Daniel a été aussi productif que le sien, à en voir la vaisselle d'une bonne moitié de semaine qui s'entasse dans l'évier de la cuisine. Après que David ait raconté sa petite aventure à Daniel qui ne le croit qu'à moitié, ils décident de prendre un verre. Ce sera deux pastis, des glaçons et des tranches de chorizo fort ramené d'Espagne à l'occasion de leur dernier voyage chez les parents de Daniel à Bayonne. David, en buvant son verre, reparle de son histoire du supermarché, se critique de n'avoir pas abordé la fille tout en se disant que s'il l'avait abordé, il aurait sans doute trouvé normal qu'elle le toise, ne le connaissant pas du tout, mais alors, comment faire. Si, au contraire, elle avait paru ouverte à la discussion et peu farouche, cela lui aurait sûrement déplu et il l'aurait rangé dans cette catégorie de filles qui ne veulent que s'amuser et qui sont un peu trop faciles. Alors, quelle aurait dû être sa réaction ? Il n'en sait rien. Chacun donne son avis, Daniel pense que les filles sont toutes différentes, qu'il faut vaincre sa timidité, y aller, que les premiers pas doivent bien être faits, d'un côté ou d'un autre. Il se dit qu'il aurait dû se jeter comme un rugbyman sur la boîte de brownie ou alors se mettre derrière elle à la caisse pour essayer d'engager la conversation, pour essayer de voir de quel type de fille il s'agissait, si elle pouvait correspondre un tant soit peu à son éventuel idéal féminin. Puis pour se rassurer, il finit par se dire qu'elle était peut-être mariée, que les jambes et la silhouette ne font pas tout et qu'elle pouvait être totalement niaise.

Alors, ils se versent de nouveau un verre de cet alcool à la fleur d'anis dont ils raffolent, ici, à Paris, à sept cent cinquante kilomètres de chez eux. La quiche est dans le four, la salade est lavée. Le vinaigre balsamique est mélangé à l'huile d'olive, à la moutarde à l'ancienne et à un peu de gros sel. La télévision est allumée, ils ne la regardent pas vraiment, elle sert de fond sonore. David a débouché la bouteille de Bordeaux, Château Ricetto-Chastant, appellation d'origine contrôlée Haut-Médoc, année 2000. Un peu jeune, mais pour manger avec une quiche-salade, ça devrait très bien faire l'affaire. L'apéritif ayant quand même duré un bon moment, ils terminent de dîner vers vingt trois heures trente. La vaisselle va rejoindre celle déjà présente dans l'évier pendant que le café coule. Assis sur les fauteuils du salon, autour de la table basse, ils dégustent après leurs cafés un verre d'un vieux whisky quinze ans d'âge. Juste un petit verre, il faut faire durer la bouteille.

*

Lisa arrive chez Emma. Elle a déjà préparé une jolie petite table avec deux grands verres à vin pour le rosé qu'a ramené Lisa. Dans un bol, un peu de fromage blanc à zéro pour cent mélangé à de la moutarde et du curry. Cette sauce doit servir à tremper les petits bouts de carotte et de fenouil qui sont disposés à côté dans une petite assiette. La bouteille de vin rosé, du domaine de Capdeville, atterrit dans un sceau à glace et les deux jeunes femmes s'assoient autour de la table. Après avoir discuté une bonne heure pour savoir, si oui ou non, l'Homme et la Femme sont vraiment faits pour vivre ensemble, elles s'accordent sur un «peut-être», « possible » mais toujours «compliqué». La solitude commence à peser pour Lisa depuis plusieurs mois, alors que sa meilleure amie qui nage dans le bonheur romantique, lui conseille de rencontrer quelqu'un, alors qu'elle cherche mais ne trouve pas. Pour Emma, il suffit de vouloir, Lisa, elle, croit plutôt au coup de foudre, à une rencontre qui se passe sans qu'on s'y attende. Mais alors, qu'est ce que c'est long à venir.

Après avoir préparé à manger, elles passent à la dégustation, et enfin arrive l'heure du dessert. Elles ont réussi le brownie. Il est chocolaté et sucré à souhait. Ca fait du bien de goûter aux plaisirs défendus, quasi interdits par les canons de la beauté de ce début de troisième millénaire. Elles en reprennent deux fois. Ce soir, Philippe n'est pas là et Emma a bien envie de ne pas passer la soirée devant la télévision. Après avoir bu un thé à la menthe fraîche, les filles sortent pour aller se balader.

*

David et Daniel se concertent sur le futur déroulement de la soirée. Deux options. Rester là, à discuter, à penser aux lendemains, à parler des souvenirs ou aller faire un tour dans la ville, se mêler aux gens, aux conversations, au bruit, à la musique. Finalement, la décision de sortir est prise par David. Tous les deux ne se sont pas couchés si tard la veille et ont dormis plus que de raisonnable. Ils peuvent donc aller dépenser un peu d'énergie. Ils se décident pour un nouveau pub, «El Candil-Dochado», sur le boulevard Saint-Jacques, à deux pas de l'appartement de Daniel. Après s'être rapidement préparés, ils descendent, marchent lentement en dissertant sur l'âge que devrait avoir le whisky avant d'être commercialisé et ils se retrouvent devant l'entrée du bar. L'endroit est bien rempli sans être bondé, la musique est assez forte pour danser mais on peut s'entendre sans crier. David et Daniel trouvent une place au comptoir sur deux grands tabourets. Ils commandent deux Mojitos et regardent les gens évoluer sur la piste de danse au son chaud et envoûtant de la salsa brésilienne. La majorité des personnes présentes dansent seules, à l'exception de deux couples que bon nombre de gens regardent et admirent pour leur technique et leur maîtrise de cette danse. David et Daniel continuent de discuter, y a-t-il une recette miracle pour rencontrer une fille ? Une fille normale, une fille bien. A quoi peut-on les reconnaître ? En existe-t-il vraiment ? David compte les feuilles de menthe dans son verre en se rappelant le mirage du supermarché. Ces longues jambes, ces cheveux, il imagine ce qui aurait pu se passer s'il n'avait pas été surpris et n'était pas resté coi. Après deux bonnes heures de cocktails cubains et de discussion, ils n'ont dansé que dix minutes à peine. Ils décident de rentrer, aucune jolie fille n'a croisé leur regard avec une expression souriante sur le visage qui aurait pu entraîner un début de conversation. Ce soir n'était pas un bon soir pour rencontrer quelqu'un. Ils se dirigent vers le vestiaire pour récupérer leurs manteaux. Alors que l'employé tend son manteau à David, une jeune femme brune le bouscule en se précipitant vers les toilettes qui sont juste à côté du vestiaire. Le choc est assez violent et le manteau de David tombe à terre. Il se baisse pour le ramasser en regardant qui l'a ainsi bousculé mais la porte des toilettes s'est déjà refermée sans qu'aucun mot d'excuse n'ait été prononcé. Ils sortent.

*

Dehors, il ne fait pas très chaud et Lisa et Emma se rendent directement au café «le Bock» sous l'appartement d'Emma. C'est un endroit assez banal, sans décoration extravagante, sans musique à tue-tête, mais un lieu où l'on se sent bien, un peu comme chez soi. Un endroit confortable pour discuter. Après un long moment de discussion sur le comment du pourquoi les hommes biens semblent être beaucoup moins nombreux que les autres et deux tentatives de drague minable d'habitués du café faisant partie de la seconde catégorie, les plus nombreux donc, elles sortent chercher un endroit un peu plus propice pour écouter de la musique, voire pour danser.

Non loin de chez Emma se trouve un nouveau pub à la mode, boulevard Saint-Jacques, encore un pub salsa qui vient d'ouvrir. Mais il est déjà presque deux heures du matin et la fermeture est proche. Lisa, saisit d'une terrible envie d'aller aux toilettes, empoigne le bras d'Emma et elles rentrent dans le pub. Aussitôt les toilettes repérées, Lisa fonce en bousculant un jeune homme qui se tenait devant le vestiaire. Elle est trop pressée, pas le temps de s'excuser, elle le fera après. En sortant des toilettes, elle demande à Emma où est le garçon qu'elle a bousculé pour s'excuser, mais Emma n'a rien vu, tant pis. Elles font le tour de la salle, en cherchant un endroit pour danser mais une annonce au micro indique aux clients qu'est bientôt venu le temps de la dernière chanson. Elles dansent pendant une dizaine de minutes et sont contraintes de partir. Comme elles sont un peu fatiguées, Emma invite Lisa à dormir mais cette dernière préfère rentrer. Dans la rue, Lisa hèle un taxi après avoir embrassé Emma qui file chez elle. Le taxi prend le chemin de la Gare Montparnasse sur les indications de Lisa

*

Un léger brouillard flotte dans la rue, par couche, juste au-dessus des toits des voitures garées le long du trottoir, à hauteur de regard. Cette atmosphère donne un aspect assez étrange à la rue.

La porte du pub d'où sont sortis David et Daniel vient de se refermer et le calme remplit d'un seul coup leurs tympans, ça résonne, ça bourdonne. Le froid les saisit, après la moiteur de l'antre brésilienne, et ils accélèrent le pas pour rentrer chez Daniel. En bas de l'immeuble de Daniel, David lui souhaite une bonne nuit et rentre à pieds jusque chez lui. Il marche maintenant plus lentement, il s'accommode du froid. Il flâne un peu, regarde les étoiles. Après quinze bonnes minutes de marche, il arrive devant ce colosse immobile qu'est la gare Montparnasse, il s'arrête quelques secondes. Il regarde les lumières du dernier étage de la tour Montparnasse qui sont encore allumées. Il traverse la rue la tête en l'air quand soudain surgit un taxi. Crissements de pneus, bond en arrière de David, coup de klaxon du chauffeur, ouf ! C'était moins une, il s'en est fallu de peu. Son cœur bat à tout rompre. Lui qui avait, pendant quelques instants, oublié le poids de la ville, les embouteillages, les feux rouges, le bruit et la pollution. Cette petite frayeur lui remet en tête tous les inconvénients d'une grande ville et il se hâte de rentrer chez lui, dans son havre de paix. Il se couche. Il essay d'imaginer le visage de la fille du supermarché, peut-être voudra-t'elle bien faire une petite apparition dans ses rêves.

*

Lisa est au chaud dans le taxi qui la ramène, elle s'endort à moitié quand soudain le chauffeur met un coup de volant qui lui fait se cogner la tête contre la vitre. Elle est un peu sonnée et avant d'avoir demandé ce qui s'est passé, elle entend le chauffeur jurer sur ces jeunes qui errent au milieu des routes en pleine nuit. Arrivée chez elle, elle soupire. Peut-être auraient-elles dû arriver plus tôt pour danser, pour avoir le temps de rencontrer des gens, de discuter. Elle a passé une bonne soirée, mais ce n'est pas en passant des soirées en tête-à-tête avec sa meilleure amie qu'on trouve sa moitié. Et cette petite jupe beige, achetée presque exprès, qui n'aura servi à rien. « Personne ne m'a regardé » se dit-elle. Elle va se coucher en se disant qu'elle aimerait bien hanter les rêves de quelqu'un. Un jour.

*

Dimanche matin, dix heures, David se tourne dans son lit, encore endormi. Il saisit le deuxième oreiller posé à côté de sa tête, le serre contre lui et replonge dans ses rêves. Onze heures, un œil ouvert, onze heures et dix minutes, les deux. Il allume la télévision et l'éteint aussitôt. Pourquoi toujours ce besoin de s'occuper, de ne pas se sentir seul ? Qu'est ce que la télévision quand on est seul, c'est souvent se faire croire que nous ne sommes pas seul, que nous sommes occupés, or nous disons toujours que le temps passe trop vite, que nous n'avons pas assez de temps et pourtant nous nous occupons toujours pour ne pas nous ennuyer, pour que le temps ne passe pas trop doucement. Ces réflexions métaphysiques matinales laissent David un peu perplexe. Doit-il jeter son poste de télévision pour que le temps ne file pas trop vite dans les moments agréables où le temps passe trop vite ou doit-il le garder pour accélérer les instants d'ennuis pendant lesquels le temps ne s'écoule pas assez vite ? Le plus intéressant serait sans doute d'avoir quelqu'un avec qui en discuter, avec qui discuter pour ne pas penser à allumer la télévision le dimanche matin, comme ce matin. Alors, il décide de garder la télévision pour l'instant. Aujourd'hui, nous sommes dimanche. Un jour bien particulier. La charnière entre le week-end et la semaine qui va recommencer. David le sait, c'est le jour du blues, du vague à l'âme, enfin, le dimanche soir surtout, le moment pendant lequel nous repensons à la semaine passée, à la semaine suivante, à notre vie et où nous nous laissons envahir par nombre de réflexions plus ou moins valables ou intéressantes.

Mais la journée ne faisant que commencer, il préfère laisser de côté ses divagations philosophiques pour plus tard. Le soleil s'est aventuré jusque dans les petites rues parisiennes en ce matin de novembre et laisse passer entre les persiennes des fenêtres de la capitale comme un dernier hommage à l'été disparut. C'est toujours un plaisir pour David de voir le soleil en ouvrant son volet. Chaque journée commencée avec un rayon de soleil est souvent bien plus gaie et réjouissante qu'une matinée de grisaille humide. Un café au lit, ah, partager le petit déjeuner du dimanche matin avec une fille encore à demi endormie qui se blottirait contre lui, il lui caresserait les cheveux pour la réveiller doucement et il l'embrasserait tendrement.

David sortit de sa rêverie romantique et décida qu'en guise de repas de midi, il irait se chercher des viennoiseries dans la boulangerie de la rue Ballandrin à quelques pas de chez lui. Après avoir pris une douche rapide et s'être préparé sommairement pour sortir, David se dirige vers la petite boutique de laquelle s'échappe de douces effluves de pâte à pain qui dore dans le four à bois. Il entre et se place dans la queue. Quand son tour arrive, il demande un croissant et deux chocolatines. Le regard quelque peu hébété de la vendeuse lui fait se rappeler que chaque région en France possède quelques particularités au niveau de son vocabulaire. Malgré son incompréhension première et après quelques secondes, la vendeuse montre les petits pains au chocolat à David avec une légère expression d'interrogation sur le visage. David acquiesce en souriant, paye et se dirige vers la sortie en remontant la queue en sens inverse. De nouveau chez lui, dans son fauteuil, devant la télévision éteinte, il déguste son repas avec le deuxième bol de café de la journée. Le soleil est toujours présent dans le ciel. Ca tombe bien, David avait décidé d'aller faire un tour avec Daniel au centre Georges Pompidou, il semblerait qu'une nouvelle exposition éphémère soit à ne pas manquer. Il se prépare et part d'un pas joyeux dans les rues parisiennes.

*

Lisa, allongée, tourne la tête, et d'un geste lascif de la main, au ralenti, balaye les cheveux qui couvrent ses yeux toujours clos. Le sommeil doucement la quitte, le réveil lentement l'accueille. Elle sort d'un rêve dont malheureusement elle n'a, en deux secondes, plus aucun souvenir. Elle se sent de bonne humeur. Ce devait être un joli rêve. Un de ceux qui laisse une sensation agréable pour débuter la journée, qui semble vous donner un entrain dont vous-même ne comprenez pas toujours le sens. Ce genre de moment durant lequel on se dit frais et en forme alors que le sommeil de la nuit n'a pas été aussi réparateur qu'on aurait bien voulu. Il est neuf heures. Lisa n'a pas dormi plus de six heures mais elle se lève tout de même. Elle décide, comme pratiquement tous les dimanches, qu'il est grand temps de faire du ménage, le grand ménage du week-end. Elle s'accorde quand même un instant de lecture et après avoir lu quelques pages de son roman du moment, elle file sous la douche où l'eau qui coule finit de réveiller sa peau. Elle profite en même temps des rayons du soleil, qui par la fenêtre de la salle de bain, viennent effleurer son corps. L'orientation de la salle de bain, et donc de la petite fenêtre, est telle que plusieurs mois par an, les mois durant lesquels le soleil effectue sa plus grande course dans le ciel, elle peut profiter des rayons naissants du jour pour illuminer sa peau pendant qu'elle s'enduit de Tahiti douche. Lisa adore ce moment et pourrait presque se prendre pour un mannequin vantant un quelconque gel douche dans une quelconque publicité. Emmitouflée dans son peignoir blanc bien trop grand, elle fixe son visage dans le miroir, essayant d'évaluer les dégâts de la fatigue qu'aurait pu causer la soirée de la veille. Elle sourit, mais à la vue d'une petite ride au coin de l'œil gauche, elle se renfrogne. Elle fait du coup une grosse grimace qui métamorphose son visage en celui d'une vieille femme démesurément plissée et ridée puis elle sourit à nouveau en faisant une moue boudeuse et charmeuse. Elle est au bord du rire. Elle se rend compte que seule, elle a très peu l'occasion de rire, alors, presque à contrecœur, son sourire diminue.

Comme tous les dimanches matin, dans un rituel maintes fois répété, elle branche l'aspirateur et commence son ménage. Comme tous les dimanches, elle n'oublie pas de passer un coup sous le lit, de secouer son tapis de bain en se demandant s'il est bien normal d'y trouver autant de cheveux. Elle n'oublie pas non plus de nettoyer le miroir où elle fait de jolies grimaces en se demandant comment il peut se salir si vite, comme la douche d'ailleurs qui pourtant ne reçoit à longueur d'utilisation que du savon et du shampoing. Comme tous les dimanches, elle se dit qu'elle ferait mieux d'acheter de la vaisselle en carton et se met à laver celle du vendredi soir. Le ménage a duré plus d'une heure. Elle souffle et se laisse tomber dans le canapé. Après tant d'efforts matinaux, un petit creux à l'estomac vient lui rappeler qu'elle n'a rien mangé depuis qu'elle s'est levée. Le réfrigérateur est désespérément vide. Le congélateur, lui, ne contient que des glaçons et un croque-monsieur surgelé. Les Spécial K du placard de la cuisine commencent à lui donner la nausée rien qu'à regarder la boîte, à force d'en manger pour essayer de ressembler à la femme qu'il faut être aujourd'hui. Alors, comme elle est convaincue ce matin, qu'il faut bien se faire plaisir de temps en temps, elle décide de descendre chercher quelque chose qui, en plus de la nourrir, réveillerait ses papilles qui sont tant adeptes de chocolat ou de crème chantilly.

Elle enfile un jean, un pull, nettoie ses lunettes de soleil avant de les poser sur ses cheveux et sort, en quête de gourmandises. Arrivée à la boulangerie, elle s'aperçoit que d'autres personnes ont eu la même idée qu'elle et se retrouve donc obligée de patienter dans la file d'attente. Elle regarde l'étalage et cherche ce qui pourrait bien lui faire envie. L'homme devant elle demande deux chocolatines et un croissant. Toute occupée à essayer de choisir entre une mini forêt noire et une tarte chocolat-banane, le mot « chocolatine » parvient à ses oreilles. Sans lâcher des yeux la vitrine, elle parcourt toutes les étiquettes devant chaque gâteau, à la recherche de celui qui correspond à ce mot qu'elle ne connaît pas mais qui résonne bien. Il y a « chocolat », ça commence déjà bien, puis « tine », pour faire plus petit ou pour féminiser, comme pour enlever le côté « trop de calories », c'est encore mieux. Quand elle voit la main de la vendeuse saisir deux pains au chocolat, elle comprend instantanément. Dommage, elle se croyait en passe de découvrir une nouveauté pâtissière. Pendant que l'homme règle sa commande et s'en va, elle continue de parcourir des yeux son envie de gourmandise et s'arrête sur un gâteau, moitié chocolat noir, moitié biscuit trempé dans un glaçage vanille. Elle y ajoute deux chocolatines en appuyant sur le « tine », comme pour se moquer d'elle-même de ne pas connaître le second nom du pain au chocolat.

    Elle regagne son appartement, toute souriante. Installée dans son canapé, devant sa table basse, elle déguste son repas au chocolat en écoutant un vieux compact-disc de Lenny Kravitz. Elle doit rejoindre Emilie à quinze heures. Emilie, une fille avec qui elle a terminé son BTS et qui est devenue une amie. Pas sa meilleure amie mais une amie, et c'est déjà beaucoup. Elles se sont données rendez-vous au « Georges », le bar, au sixième étage de Beaubourg, le centre Georges Pompidou. Cet établissement, stylisé par Costes, se distingue par son décor contemporain industrialo-chic en harmonie avec le lieu qui l'accueille et Lisa adore cet endroit. Surtout cette terrasse sur laquelle elle peut à la fois profiter du soleil et observer les artistes de rues qui se produisent sur le parvis, six étages plus bas.

*

A treize heures, Davis arrive devant Beaubourg, le centre national d'art et de culture à l'architecture emblématique du vingtième siècle mais au combien de fois décriée par ses détracteurs, plutôt avides d'une architecture plus conventionnelle et classique plus en accord selon ces derniers avec le style parisien. Alors que Daniel le rejoint à l'entrée, David est absorbé dans la contemplation de trois personnages habillés de toges aux couleurs vives qui effectuent un étrange ballet, mélange de mimes, de clowns et de danseurs hypnotisés et hypnotiseurs. Une large foule s'est assise à même le sol pour assister à cette représentation improvisée tandis que des musiciens classiques commencent à s'installer à quelques mètres de là, dépliant leurs tabourets et pupitres pour entonner quelque chose qui pourrait bien se rapprocher de la musique de chambre au regard de leurs tenues d'époque. Après un moment passé à regarder ces spectacles originaux, David et Daniel se dirigent à l'intérieur et prennent leurs billets pour une exposition de Buren. Les billets poinçonnés, ils peuvent commencer leurs visites. Ils parcourent les différentes salles cubiques, dont les passages de l'une à l'autre sont des ouvertures aux formes géométriques diverses. Toutes les salles sont peintes, sols et plafonds, de couleurs vives ou pastels. Seuls les murs sont recouverts des célèbres bandes de Buren aux couleurs tranchantes. La plaquette disait « L'usage systémique du motif des bandes verticales d'exactement 8,7 centimètres parvient à renouveler la préférence de la peinture pour la prise en compte globale de l'espace dans ses dimensions tant concrètes que symboliques afin de redéfinir l'idéologie moderniste en réhabilitant l'art muséeux en se questionnant sur l'interdépendance de l'œuvre avec le lieu et le temps dans lesquels elle s'insère ». David et Daniel commencent à réaliser qu'ils ne sont pas très réceptifs à ce type d'art. Ca ressemble pour eux à une suite de pièces décorées aux couleurs agressives avec des motifs récurrents, ces fameuses bandes de 8,7 centimètres.

Après une heure sur le parcours des salles cubiques colorées, ils se regardent en souriant et décident qu'ils ont déjà passé plus de temps que nécessaire dans cette exposition. Arrivés au bas des escalators extérieurs pour sortir, ils découvrent le petit panneau qui vante la vue panoramique sur Paris, au bar du dernier étage, le « Georges ».

Après avoir échangé un regard entendu, ils reprennent les escalators pour monter au sommet du bâtiment. Coup de chance, il reste une seule table de libre vers laquelle ils s'empressent de se diriger en discutant de ce qu'ils viennent de voir. Lunettes Rayban sur le nez, ils peuvent déguster tranquillement un jus de fruits frais glacé, boisson bienfaitrice, énergisante et réparatrice après une soirée plutôt arrosée. Ils passent ainsi près d'une heure, à discuter de tout et de rien, à se féliciter d'être venus aujourd'hui, pas pour l'exposition qu'ils n'ont pas vraiment appréciée, mais plutôt pour avoir le privilège de profiter d'un moment relaxant, ensemble, réchauffés par cette clarté digne d'un petit été indien. Après encore un long moment, à l'heure où le soleil décline horizontalement ses derniers faisceaux en une douce lueur rougeoyante, les deux amis se quittent pour regagner leur appartement respectif. La semaine recommence dans peu de temps. David prend le métro et rentre chez lui.

*

En arrivant pour rejoindre Emilie au bar de Beaubourg, cette sorte de raffinerie de pétrole en centre ville, comme se moquent certains, Lisa assiste, à l'entrée du bâtiment à un bien étrange spectacle. Un quatuor de musiciens en habits d'époque est en plein concert classique, interprétant la valse des fleurs de Tchaïkovski pendant que trois mimes clownesques font une lente farandole spasmodique autour des quatre musiciens. Elle reste plusieurs minutes à observer cette étrange manifestation culturelle qui semble totalement improvisée en remarquant qu'il n'y a qu'à Paris que l'on peut se trouver confronter à de tels happenings insolites. Cinq secondes de réflexion plus tard, Lisa se dit qu'il faudrait peut-être qu'elle voyage un peu, qu'il y a d'autres endroits et d'autres choses à voir sur terre sans doute plus surprenants que ce à quoi elle assiste depuis quelques minutes. Huit secondes plus tard, elle préfère finalement s'émerveiller de ce spectacle plutôt que de jouer la « blasée » qui dit qu'il y a toujours mieux ailleurs. Elle finit quand même par abandonner les artistes, qui terminent leur show, pour aller rejoindre Emilie.

Arrivée sur la terrasse, son amie n'est pas encore là. Lisa scrute la terrasse, il y a beaucoup de monde, une seule table de libre, mais pas d'Emilie. Avant d'aller s'assoir à cette table, elle jette un œil par l'immense baie vitrée et tente d'apercevoir son amie. La foule en bas est compacte et il est difficile de distinguer qui que ce soit. L'énorme pot doré de Raynaud, qui avec ses plusieurs mètres de hauteur, est démesurément grand, ressemble à un vulgaire pot de fleur alors qu'il pourrait contenir plusieurs arbres adultes. Il faut plusieurs secondes à Lisa pour sortir de sa flânerie sur l'appréciation des perspectives dimensionnelles et au moment où elle se retourne pour aller s'asseoir, elle a la désagréable surprise de voir deux hommes qui s'installent à la dernière table, lunettes de soleil sur les yeux, en grande discussion, si bien qu'elle ne peut même pas faire un geste de la main pour leur indiquer qu'elle avait vu cette table la première. Emilie arrive enfin et elles n'ont pas d'autres choix que de redescendre. Toutes les tables sont prises et les gens semblent peu pressés de quitter cet endroit qui leur permet de profiter des derniers instants ensoleillés de l'automne qui fuit vers la grisaille de l'hiver.

Arrivées dans le hall d'entrée, elles découvrent l'exposition du moment consacrée à Buren. Elles entrent et presque instantanément, Lisa est fascinée par l'agencement géométrique des pièces qui se distinguent toutes les unes des autres par un nombre toujours différent de signes, d'éléments et de teintes, telles que la taille de la porte, sa position, sa forme, ou la hauteur des plafonds qui varie suivant la chaleur de la couleur principale employée pour colorer les murs adjacents à ceux qui comportent les bandes de 8,7 centimètres. Bandes qu'elle a déjà pu admirer dans la cour du Palais Royal en se demandant, comme tout un chacun, quel est le mystérieux secret qu'abrite ce chiffre, 8,7. Emilie semble partager son enthousiasme à découvrir chaque minute une nouvelle pièce, à en chercher les différences avec la précédente et à imaginer comment devrait être la suivante. Arrivées à la fin du parcours, totalement ravies mais avec un petit mal aux pieds, à force de marcher et surtout de piétiner pendant leur visite qui a duré plus d'une heure et demi, les deux amies s'embrassent en se promettant de revenir de temps en temps pour découvrir les nouveautés qu'a à offrir cette ruche d'art contemporain. Lisa prend le métro et rentre chez elle.

*

De retour chez lui, David se laisse tomber lourdement dans son fauteuil préféré en ouvrant le deuxième bouton de sa chemise. Arrivée chez elle, Lisa s'assoie délicatement sur son canapé et ramène sur ses jambes le plaid couleur sable qu'elle affectionne tout particulièrement. Il s'enfonce pendant cinq bonnes minutes dans la contemplation du plafond. Elle observe un moment le soleil qui se couche par la fenêtre. Il repense à cet instant privilégié passé avec son camarade sur la terrasse de Beaubourg. Elle repasse dans sa mémoire la beauté des plus jolies pièces qu'elle a traversées avec son amie. Il sort une cigarette de son paquet, fouille ses poches à la recherche d'une boîte d'allumette et allume la cigarette. Elle fait glisser le cendrier jusqu'à elle, le regarde indécise puis le repousse. Il repose sa tête en arrière sur le dossier du fauteuil en écrasant sa cigarette complètement consumée. Elle s'en allume finalement une.

*

David, comme tous les dimanches soir, commence à se sentir seul. Il le savait déjà ce matin, quand il était en pleine forme, que cet état ne durerait pas. Il lui manque quelqu'un. Il commence à tourner en rond dans son appartement, regarde chaque angle de la pièce, chaque meuble, rien ne bouge, comme si le temps était figé. Personne à qui parler, personne à réconforter ou qui le réconforterait. C'est vrai que le reste de la semaine, ce vide se fait un peu moins sentir. Il est présent mais consciemment ou inconsciemment, David le dissimule par des choses à faire, des sorties, une routine qu'il s'impose, des occupations, mais ce vide est tout de même présent à chaque moment. Il a seulement envie de partager, partager son temps, tout son temps et aussi celui du dimanche. Il sait que même un couple, souvent, n'est pas à l'abri d'un petit coup de déprime, fin d'un week-end agréable toujours trop court, une semaine que nous n'avons pas envie de commencer car elle est synonyme de lever tôt, de travail, de revoir ses collègues, clients ou patron avec qui nous n'avons pas spécialement d'affinités. Mais, au moins, en étant deux, David pense qu'il pourrait en discuter avec quelqu'un, se plaindre un peu, et rien que le seul fait de se plaindre et de se sentir écouté, le soulagerait déjà un peu. Il n'est pas malheureux, il le sait. Tout va bien dans sa vie, sa santé, son boulot, ses amis, mais le poids du vide prend une place de plus en plus considérable dans sa vie et commence à déteindre sur son moral. Alors, tant bien que mal, il se force à penser à autre chose mais ces pensées reviennent sans cesse dans son esprit. Il aimerait trouver une personne avec qui il pourrait partager ses moments de doutes comme de joies, ses moments de solitude, de bonheur, de tout quoi. Il sait que ce jour arrivera bientôt, il l'espère mais il s'impatiente. Certes, il n'est pas inscrit dans une salle de sport ou dans un club de rencontre mais il garde espoir. Il voudrait que cela arrive comme ça, naturellement et de toutes façons, il est persuadé que plus on cherche et moins on trouve. Il prend donc son mal en patience.

*

Lisa souffle, elle n'a rien à faire. Plus précisément, elle n'a envie de rien faire. Elle se prépare un thé avec sa vieille théière en inox que l'on pose directement sur la plaque chauffante au gaz. Avec un torchon rouge et blanc à petits carreaux pour ne pas se brûler, elle en verse la moitié du contenu dans sa tasse. Elle repose la théière, prend la tasse par son anse et l'entoure de son autre main en la rapprochant de son visage. La légère vapeur qui s'échappe de la surface du liquide se diffuse vers son nez pour répandre ce léger parfum de vanille jusque dans sa gorge. Elle se laisse envahir par cette douce chaleur réconfortante. Elle pense aux futurs moments heureux qu'elle espère vivre quand elle aura rencontré quelqu'un. Elle se sent seule. Elle se trouve un peu ridicule à s'inquiéter de se retrouver seule alors qu'elle a tout juste vingt six ans, mais si, elle est pressée. Pourquoi le bonheur met-il si longtemps à arriver ? En même temps, raisonne t'elle, s'il arrivait trop vite, on ne pourrait pas le comparer à beaucoup de choses, alors, comment pourrait-on savoir que c'est le vrai bonheur si nous n'avons pas connu quelques malheurs ou quelques bonheurs moins intenses ? Elle s'ennuie. Elle regarde le vide, ce vide immobile qui danse autour d'elle. Alors, elle essaye de laisser son esprit divaguer vers d'autres pensées en se persuadant que finalement tout va bien autour d'elle et qu'elle devrait être épanouie au lieu de s'inquiéter du fait d'être célibataire, encore et toujours célibataire comme elle dit.

*

A l'heure où le journal télévisé commence chez ceux qui ont un poste de télévision allumé,

David se demande ce que telles ou telles décisions, prises à tels ou tels instants de sa vie, s'il avait choisi le côté pile plutôt que le côté face de la pièce de monnaie, aurait pu avoir comme conséquence sur son présent. Il imagine tout et n'importe quoi, ce qu'aurait été sa vie s'il avait eu un frère ou une sœur au lieu d'être fils unique, si ses parents avaient été plus sévères, s'il s'était laissé poussé les cheveux au lieu de les avoir courts depuis son enfance, s'il avait choisi une autre voie au lycée, s'il avait fait son service militaire dans le nord de la France plutôt que dans le sud, s'il n'avait pas voulu quitter sa région natale pour trouver un emploi à la capitale, s'il avait trouvé un autre appartement que celui qu'il occupe, s'il prenait un scooter pour aller travailler plutôt que de prendre le métro, s'il avait osé interpeller la jolie fille du supermarché avec son paquet de préparation pour Brownies et sa jupe courte. Toutes ces questions terre-à- terre à portée infinie, réflexions sur l'effet papillon, qui n'ont jamais de réponse.

David finit par laisser ses interrogations de côté et avale un repas vite préparé, composé en tout et pour tout d'une tarte à la tomate sur un lit de moutarde, sortie du congélateur et réchauffée au four. Et comme la lassitude se fait de plus en plus grande, David allume finalement son écran de télé sur la première chaine et se laisse transporter quelque peu léthargiquement par une comédie familiale qui du point de vue de la célèbre critique de cinéma, Alex Floris, essaye de restituer les tribulations divertissantes et burlesques d'un autochtone de la région méridionale de l'hexagone découvrant la partie septentrionale de cette dernière grâce à un cocasse et curieux concours de circonstances relatif à un bouleversement dans ses obligations professionnelles. A peine le générique de fin défile t'il sur l'écran que David cède à son irrépressible envie d'aller se coucher et sombre en quelques minutes dans le néant qui bien vite fait place aux rêves les plus doux et les plus agités en fonction des phases de sommeil qu'il traverse.

*

Aux alentours de vingt heures, Lisa raccroche son téléphone. Elle vient de passer vingt minutes avec Emma. Un résumé de cette agréable après-midi en compagnie d'Emilie agrémenté de considérations sur le sens de la vie en général et en particulier sur le sens à donner à son existence sentimentale proche du zéro absolue ces derniers temps. Il est temps de souper avant que le sommeil ne s'empare complètement d'elle. Elle finit de vider son congélateur du dernier croque-monsieur qui s'y trouve, sans grand enthousiasme. Quand le bip du four lui signale que son repas est chaud, elle n'est déjà plus très sûre de vraiment vouloir manger. C'est donc lentement et sans entrain qu'elle mange ou plus exactement se nourrit. Ce soir, Lisa n'a envie de rien. Elle est un peu déprimée sans raison profonde. Elle n'a pas envie de lire, de mettre en marche son imagination. Elle se sent paresseuse et indolente. Elle cherche plutôt le meilleur moyen de rester passive et finalement, elle se laisse tenter par le programme de la télévision qui propose la comédie de Dany Boon ayant battu tous les records d'audience au cinéma. Elle se laisse transporter par l'histoire qui présente un énorme avantage, elle n'a pas besoin de réfléchir, ce qui la fait sourire. Elle somnole confortablement dans son canapé, s'entourant de son plaid en se blottissant dans les coussins. Elle se tient miraculeusement éveillée jusqu'à la dernière minute du film après tout de même quelques passages où ses yeux se sont fermés quelques secondes mais jamais assez pour décrocher de la trame de l'histoire.

      Elle va se coucher. Elle va essayer de ne pas trop penser à demain, à l'entretien qu'elle va devoir passer pour trouver un nouvel emploi. Elle voudrait que le stress ne la paralyse pas dés maintenant. Elle voudrait bien dormir. Mais elle y pense quand même, elle espère que le poste pour lequel elle a obtenu un entretien demain matin correspondra bien à son profil et surtout qu'elle intéressera les recruteurs. Elle passe dans sa tête le scénario du lendemain matin, se lever, donc ne pas oublier de mettre le réveil, déjeuner, attention : bien manger pour être en forme, se laver, comme d'habitude, pourquoi oublier ce jour là ? choix des vêtements, pas trop strict, classe quand même, maquillage, ni trop, ni trop peu, parfum, pas trop entêtant, trajet, penser aux retards éventuels des transports en commun, vérifier la carte orange et le ticket mensuel, penser à prendre un plan du quartier, bonjour, avec le sourire mais sans paraître niaise, présentation de son curriculum vitae… Finalement, elle s'endort avec toutes ces choses qui tournent dans sa tête et vont agiter le début de sa nuit.

*

Le réveil du lundi matin, le réveil le plus difficile de la semaine. La nuit de David a duré huit heures et pourtant, ses paupières légèrement gonflées, ont du mal à s'ouvrir pour laisser partir le sommeil et entrer dans cette nouvelle journée. Le demi somnambule se déplace vers la salle de bain en tapotant les murs pour ne pas se cogner. Après plusieurs bâillements et un petit cri pour avoir heurté un coin de mur avec son orteil, il se laisse réveiller par le jet du pommeau de la douche qu'il dirige droit sur visage. Son corps est maintenant apte à bouger et à se déplacer, reste à éveiller l'esprit avec un bon bol de café noir accompagné d'une barre de céréales chocolatée pour se donner un peu d'énergie. Il se brosse les dents après son petit déjeuner, remonte ses chaussettes après les avoir enfilées, lace ses chaussures après les avoir mises à ses pieds, serre sa cravate après en avoir fait le nœud, regarde l'heure après avoir mis sa montre, sourit quand même après avoir vu sa tête dans le miroir.

*

Lisa se réveille. Elle s'assoie sur le lit et se sent pleine d'énergie. Elle pense à son entretien qu'elle a répété en rêve plusieurs fois dans la nuit et qui a eu pour effet de dissiper son stress. Elle est prête à se battre pour ce job, à convaincre qui que ce soit. Elle est déterminée et résolue à ce que cette journée soit une bonne journée. Elle prend un petit déjeuner équilibré et consistant pour bien démarrer sa matinée et rester en forme. Jus d'orange, un grand verre, café, une grande tasse, céréales avec du lait frais, un grand bol, et pour finir, quelques carrés de chocolat pour être décontractée au cas où le stress refasse son apparition. Elle passe environ quarante cinq minutes enfermée dans la salle de bain, beaucoup plus que d'habitude. Elle fait toujours attention à elle, à son apparence physique, mais ce matin, elle s'applique encore un peu plus. Elle est presque prête. Après s'être glissée dans un petit tailleur noir qui lui fait une silhouette presque parfaite, c'est du moins ce que ses amies lui disent, elle enfile les chaussures à talons achetées samedi et vérifie que son allure soit impeccable. Elle a répété en rêve et en cauchemar tout le déroulement de la journée et maintenant, il faut y aller.

Pour être sûre d'être à l'heure et qu'aucun évènement indépendant de sa volonté ne viennent troubler le cours de la matinée, Lisa a choisi de se rendre à son entretien en taxi. Avec le métro ou les autobus, nous sommes toujours tributaires des retards, des pannes, des grèves et des accidents de voyageurs et il lui est inconcevable d'arriver avec la moindre minute de retard à cet entretien d'embauche. Le taxi lui, on peut toujours en descendre pour prendre le métro si un embouteillage venait à contrecarrer la logique de Lisa sur la circulation des personnes dans Paris intra-muros. Elle appelle donc un taxi et descend l'attendre sur le trottoir devant chez elle.

*

David sort de chez lui et avance d'un pas nonchalant et automatique vers la station du métro qu'il emprunte tous les jours de la semaine. A peine le métro a-t-il parcouru cinq cent mètres qu'il s'arrête brusquement, faisant perdre l'équilibre à une vieille dame restée debout et qui se rattrape in extremis au bras d'un jeune homme. « La rame est immobilisée suite à un incident technique, vous êtes priés de ne pas essayer de descendre sur la voie » annonce une voix caverneuse et nasillarde au travers des hauts parleurs du wagon. Les gens soufflent, regardent le plafond et essayent de prendre leur mal en patience. Trois minutes plus tard, le métro se remet en branle pour stopper de nouveau quelques mètres plus loin. Les soupirs parmi les voyageurs se font plus pesants et David assiste à la conversation surprenante d'un homme qui interpelle son voisin en lui expliquant, avec une mauvaise fois manifeste, que si les employés de la RATP étaient moins bien payés, ils feraient peut-être un peu moins la grève dans les rares moments où il n'y a pas de défaillance technique. Au bout de plusieurs longues minutes et après que la température intérieure soit montée de plusieurs degrés, le train repart enfin. Les joies des transports en commun, malgré le côté pratique et peu cher, il y a bien des fois où David aimerait s'en passer.

Arrivé devant l'immeuble de son bureau, il descend du trottoir sur la chaussée et observe combien de places libres se trouvent à proximité et qu'elle est la densité du trafic afin de déterminer si l'éventualité de venir travailler en voiture, et non plus en métro, pourrait se révéler un bon choix.

Alors qu'il observe la rue, un taxi, qui vient s'arrêter sur les places libres devant l'immeuble, le klaxonne et l'oblige à remonter sur le trottoir. Il rentre, de toutes façons, il n'a pas de place de parking ou de garage avec son appartement et il n'a pas de voiture non plus, alors ?

*

    Pendant tout le trajet, le chauffeur ne cesse de faire la conversation à Lisa. Elle ne sait pas comment éviter ce flot de banalités et de considérations sur l'actualité et la société auxquelles, l'homme qui la conduit, essaye de l'intéresser en lui demandant maintes fois son opinion et en lui posant des questions dont elle n'a pas de réponse. Il lui demande pourquoi les routes en France ne sont pas sous forme de quadrillage comme aux Etats-Unis pour faciliter la vie des taxis ou est-ce que l'eau en bouteille est plus saine que l'eau de ville ?, Y'a t'il du mercure sur Mercure ?, Est-ce que Renault est mieux que Peugeot ?, Nous, quand on ne peut pas dormir, on compte les moutons, mais alors, les moutons, qu'est-ce qu'ils comptent eux ?, Pourquoi les prunes noires sont-elles rouges quand elles sont vertes ?, Pourquoi « abréviation » est-il un mot si long ?, Pourquoi n'y a t-il pas de nourriture pour les chats avec goût de souris ?, Si rien ne se colle au Téflon, comment l'a-t-on collé à la poêle ?, Ou encore par exemple, est ce que quand une voiture roule, l'air à l'intérieur des pneus tourne ? Elle n'a vraiment pas la tête à parler ce matin et c'est avec un grand soulagement qu'elle s'aperçoit, après 10 minutes de trajet, qu'elle est enfin arrivée à destination. Le chauffeur klaxonne un piéton pour pouvoir se garer et débarquer sa passagère. Elle paye, le remercie poliment même si le trajet lui a été désagréable et essaye de se concentrer de nouveau sur ce qui l'amène ici.

*

David gravit les quatre étages par l'escalier, histoire de se donner bonne conscience en prétendant que l'on a fait un peu de sport, enfin plutôt que l'on ne s'est pas laissé tenter par la fainéantise de prendre l'ascenseur. A peine est-il arrivé dans l'entrée du cabinet que la secrétaire lui rappelle qu'il doit faire passer un entretien d'embauche ce matin pour recruter une nouvelle secrétaire-assistante. Il lève les yeux au ciel, souffle, il avait oublié. Il déballe ses affaires, s'installe derrière son bureau. Le rendez vous est prévu pour dix heures, il a trente minutes devant lui. Trente minutes pour boire un café, lire ses mails arrivés pendant le week-end, réfléchir aux questions qu'il pourrait poser à la candidate et quelles devraient en être les réponses.

*

Lisa entre dans le bâtiment devant lequel l'a laissé le taxi. Elle attend un instant avant de monter car elle est un peu en avance. Elle veut bien montrer qu'elle est ponctuelle mais pas stressée au point d'arriver une demi-heure à l'avance. Après vingt minutes, elle monte par l'ascenseur et se présente à la personne qui à l'entrée de l'étage semble faire office d'hôtesse d'accueil. Elle est priée de patienter pendant qu'on avertit la personne qui doit la recevoir de son arrivée. Elle s'assoit sur une chaise, un peu nerveuse. Elle regarde autour d'elle, essaye d'évaluer l'ambiance, le style de l'entreprise pour essayer de s'adapter à ce qu'on pourrait lui demander.

*

La secrétaire prévient David de la présence de sa possible future collègue et il sort de son bureau pour l'accueillir.

*

Un homme sort d'un bureau et se dirige vers Lisa en lui tendant la main, en se présentant et en l'invitant poliment à le suivre.

*

David l'invite à entrer dans son bureau, à s'asseoir et lui demande si elle souhaite boire une tasse de café.

*

Lisa suit l'homme qui l'a accueilli, s'assoit dans le bureau et refuse le café qu'il se propose de lui offrir.

*

David n'a pas eu de succès avec son café, alors il n'ose pas aller s'en chercher un.

*

Après que l'homme qui la reçoit lui ait présenté l'activité principale de la société, les raisons d'une nouvelle embauche ainsi que ses attentes en matière de connaissances, de travail à fournir et d'horaires à respecter, c'est au tour de la jeune femme de décliner ses compétences, son expérience, ses motivations et ses espérances de rémunérations. Bien vite, ils se rendent compte tous les deux que plusieurs points ne correspondent pas. Elle souhaite travailler à temps complet alors que l'entreprise voulait recruter une assistante à temps partiel. Il faut savoir parler couramment allemand pour ce poste et elle est trilingue mais seulement en Anglais et espagnol. Elle ne connaît pas la comptabilité analytique et sa connaissance de la gestion de projet ne lui sera d'aucune utilité. Ils s'accordent tous deux à dire que le texte de l'annonce n'a pas été rédigé assez précisément et il s'excuse de lui avoir fait perdre du temps.

*

David accompagne la candidate à la porte de l'ascenseur et appuie sur le bouton pour l'appeler. Ils se serrent la main et David retourne dans son bureau. Il est déçu que cet entretien ne se soit pas passé comme il l'aurait voulu. Il va falloir recevoir d'autres personnes et se débrouiller sans personne pour l'instant. Il maudit l'agence nationale pour l'emploi et ses petites annonces qui tiennent en trois lignes. Il n'a plus qu'à y retourner et préciser un peu plus ses critères pour trouver sa future assistante. Il met sa veste sur ses épaules, vérifie qu'il a bien son téléphone portable et s'approche de l'ascenseur. Il constate avec joie que la personne qu'il a reçu est déjà partie et appui de nouveau sur le bouton sur lequel est dessiné une flèche vers le bas. Au bout de quelques dizaines de secondes d'attente, il choisit de prendre l'escalier et descend trois par trois les marches qui défilent à vive allure sous ses pieds.

*

L'homme raccompagne Lisa sur le palier de l'étage, lui souhaite bonne chance pour la suite et repart aussitôt, la laissant devant l'ascenseur. Elle est déçue de ne pas avoir correspondue au profil mais en même temps, le poste ne correspondait pas à ce qu'elle recherchait vraiment. Elle est, de ce fait, moins contrariée, et trouve en elle la ressource nécessaire pour sourire de nouveau et rester positive. Elle regarde donc l'ascenseur, qui n'arrive pas, et se décide à emprunter les escaliers, trois étages, ce n'est rien.

*

A peine Lisa a-t-elle mis un pied sur la première marche du palier du troisième étage que celui qui arrive du quatrième, et qui ne s'attendait pas à trouver quelqu'un dans ces escaliers que presque personne n'emprunte, la heurte violemment et ils finissent tous deux à terre, à moitié emmêlés, les visages contre la rampe, en équilibre instable sur deux marches à la fois.

*

Lui, étourdi : « Oh, merd... mince, excusez moi, ca va ? »
Elle, sonnée : « Euh, non, oui, enfin euh »

*

A moitié allongés dans l'escalier, dans une position précaire, le visage de David à quelques centimètres de celui de Lisa, ils se regardent, surpris et un peu abasourdis. Ils ne bougent plus pendant quelques secondes et David sourit légèrement quand il se rend compte qu'ils n'ont rien. Elle attend une seconde de plus et lui rend son sourire. Ils sont toujours à demi allongés, sur les marches, dans une position vraisemblablement assez inconfortables mais ils ne bougent pas.

*

Elle est belle, semble fragile, un brin sensuelle avec une note d'espièglerie dans l'attitude qui lui plait singulièrement.
Il est beau, un sourire charmant, une bouche craquante et quelque chose de rassurant dans son allure lui plait étrangement.

Le regard de David transperce d'un reflet délicat la prunelle des yeux de Lisa.

La douceur et la grâce de Lisa frôlent spirituellement la sensibilité de David.

Ils sont comme fascinés l'un par l'autre, une impression de déjà-vu.

*

Lui : « Je m'appelle David, je travaille au quatrième, je suis désolé »
Elle : « Je m'appelle Lisa, je sors d'un entretien d'embauche au troisième, c'est moi qui suis désolé, je crois que j'étais un peu dans la lune »
Lui : « Euh, non, c'est moi qui allait trop vite sans regarder, ça va ? »
Elle : « Oui, enfin je crois »
Lui : « Un entretien d'embauche ? »
Elle : « Oui mais manqué »
Lui : « Pareil, euh, enfin non »
Elle : « Hein ?! »

Ils se sourient.

Très lentement, comme ayant peur que quelque chose ne se brise, David et Lisa se relèvent doucement, dégageant une jambe, dépliant un bras et mais en ne se lâchant jamais.

D'abord à genoux puis accroupis et enfin entièrement debouts, sans qu'à aucun moment leurs yeux ne se quittent d'une seule seconde, ils regardent, chacun à l'intérieur de l'autre, et comme par magie, y voient des parallèles.

Voila, ca y est, vous êtes arrivés à la fin de cette histoire. J'espère que vous avez passé un moment, au mieux agréable, au pire, pas trop désagréable.
Si vous lisez ces lignes, c'est que soit :

1) Je vous ai offert ce livre et donc soit :
- vous avez un peu aimé, juste assez pour lire jusqu'au bout
- c'était assez court pour vous forcer à le finir
- vous n'aimez pas ne pas finir ce que vous commencez
- vous êtes un ami ou une amie et vous vous êtes senti obligé
- vous avez commencé par la fin, pas bien

2) On vous a prêté ce livre, donc soit :
- nous avons un ami ou une amie en commun
- nous avons un ennemi ou une ennemie en commun

3) Vous avez acheté ce livre, donc soit :
- vous vous êtes fait arnaquer par un de mes amis
- vous l'avez réellement acheté : merci beaucoup

4) Vous avez trouvé ce livre, donc soit :
- un de mes amis l'a oublié quelque part
- un de mes amis l'a jeté quelque part

Si vous vous demandez pourquoi j'ai écrit tout ça, relisez la première page, c'est à cet endroit que je l'ai déjà expliqué !!
Quoi qu'il en soit, vous venez de consacrer, si vous avez tout lu, plus d'une heure et demie à la lecture de mes lignes. Pendant ce temps là, vous auriez pu par exemple :

- Tondre 550 m² de pelouse
- Repasser seize chemises
- Aller chez Leroy-Merlin chercher un pot de peinture et une mèche de perceuse pour carrelage pour poser un miroir grossissant dans une salle de bain
- Faire des courses alimentaires pour quatre jours dans un supermarché
- Ecouter un vieil album des Rolling Stones suivi d'un de Bob Dylan
- Regarder deux épisodes de Desperate Housewives ou de Lost
- Aller chez le dentiste (cinquante minutes d'attente, quarante minutes de détartrage)
- Vous faire les ongles des pieds et des mains (juste pour les filles) et les laisser sécher assez longtemps pour une fois.
- Faire du sport (trente minutes de rameur, trente minutes de vélo et trente minutes d'abdominaux)
- Passer l'aspirateur puis la serpillère pour une maison de 107 m²
- Nettoyer une salle de bain entière (avec douche, baignoire, miroir et WC)
- Appeler la hot line de votre connexion internet pour non fourniture de service depuis cinq jours

- Faire une sieste
- Aller chez Ikea pour acheter un nouveau saladier en inox
- Faire une heure et demie d'heures supplémentaires défiscalisées
- Commencer vous-même à écrire
- Boire deux apéros, manger dix-sept cacahuètes et huit olives
- Préparer un kilo de boulettes de viande à l'espagnole (Albondigas) dont voici la recette :

Boulettes :
- 500g viande hachée (15% mat. gr.)
- 500g de chair à saucisse
- 3 œufs
- 3 cuillères à café de piment doux
- 4 pincées de sel
- 3 grosses cuillères à soupe de chapelure
- 2 à 4 gousses d'ail haché (suivant vos gouts)

Mélanger tout ça (avec les mains) et faire des boulettes.
Les faire rouler dans la farine et faire revenir à la poêle avec de l'huile d'olive, juste qu'elles dorent un petit peu mais qu'elles soient encore saignantes à l'intérieur.

Sauce :
- 3 oignons
- 1 gousse d'ail
- 1 poivron vert
- 2 boîtes de tomates concassées

- Une cuillère à café de piment doux
- 2 pincées de sel
- 2 pincées de poivre
- Une pincée de curry

Faire revenir l'oignon et le poivron (en morceaux).
Ajouter le reste et faire mijoter 5 minutes.

Mettre les boulettes dans un plat et ajouter la sauce par dessus, il faut qu'elles baignent bien.
Passer au four à 180° pendant 35 minutes.
Manger.
Penser à moi en les mangeant.
Plus c'est réchauffé et meilleur c'est.

                                                        Bon Appétit

Je tiens à remercier :

- Les mines 2B 0,5 mm, les seules à entrer dans mon crayon à papier critérium.
- La gomme très usée qu'il y a au bout
- Le correcteur d'orthographe de Word
- Buren et ses œuvres
- Paris et la France
- Le Pastis et les vins de Bordeaux
- Moi-même et mes pensées
- Les sushis de thon et la sauce soja sucrée pour le riz
- La météo lorsqu'elle était clémente et me permettait de passer de longs moments assis sur ma terrasse en regardant le ciel pour trouver un peu d'inspiration
- Eero Aarnio (l'inventeur du fauteuil boule)
- Toute ma famille
- Le lait Nestlé et le Nutella
- Mon réfrigérateur américain pour ne jamais manquer de glaçons
- EBay, pour toutes les conneries que j'y achète
- Tous les instruments de musique (dont je ne saurai sans doute jamais jouer)
- Les jours de RTT
- L'Espagne
- L'inventeur de la Mozzarella
- Les kit-Kats Chunky au chocolat blanc
- Toutes les personnes qui m'ont lu, comme ça, je n'aurai pas écrit tout cela pour rien
- Le ciel, le soleil et la mer
- Le tout-à-l'égout, l'électricité et l'eau courante
- Le blues du dimanche soir
- Ikea et Leroy-Merlin

- Mes amis, mes amours, mes emmerdes
- Mes pieds de tomate cerise qui vont entrer dans le livre des records pour leur production phénoménale
- La côte de bœuf en croute de sel du restaurant Chez Paul à Bastille
- Ma chérie
- Le programme de la télévision qui ne donne pas envie de la regarder
- Mazda
- L'inventeur de la mini-jupe
- Vous, pour avoir lu mes élucubrations

Fabrication : Books on Demand GmbH, Norderstedt,
Allemagne / éditeur : Books on Demand GmbH,
Paris, France
ISBN-13: 9782810602254